文春文庫

満月珈琲店の星詠み～本当の願いごと～

望月麻衣
画・桜田千尋

文藝春秋

目次

Introduction 12
プロローグ 29
第一章 蟹座のチーズフォンデュと射手座のりんご飴 43
第二章 新月のモンブランと奇跡の夜 95
Interlude 139
第三章 前世の縁と線香花火のアイスティー 149
エピローグ 227
あとがき 234
参考文献 240

満月珈琲店の星詠み～本当の願いごと～

――『満月珈琲店《まんげつコーヒーてん》』には、決まった場所はございません。

時に馴染《なじ》みの商店街の中、終着点の駅、静かな河原と場所を変えて、気まぐれに現われます。

そして、当店は、お客様にご注文をうかがうことはございません。

私どもが、あなた様のためにとっておきのスイーツやフード、ドリンクを提供いたします。

あの大きな三毛猫のマスターは、今宵《こよい》もどこかで微笑《ほほえ》んでいるのだろうか?

Introduction

空には、くっきりと半月が浮かんでいる。

上弦の月が空に輝く夜は、勉強にうってつけだ。

満月に向かって、どんどんエネルギーを増していくこの半月のパワーは、すべてのものに注がれ、各々《おのおの》のステップアップに大きく役立ってくれる。

そんなわけで、我が『満月珈琲店』も上弦の月の夜は、勉強会を開いている。

月明りの下、大きな公園の広場に『満月珈琲店』のトレーラーがあり、柔らかな灯りをともしている。それを扇形に囲むようにテーブルがあり、仲間たちが大きな三毛猫のマスターの許に集まっていた。

彼は、当店の責任者であり、『星詠《ほしよ》み』だ。

とっぷりと日が暮れ空は濃紺に染まり、初冬の風が吹いている。けれどトレーラーカフェを中心に、その周辺がぼんやりと明るく暖かいので勉強するのに困ることはない。

ここにいるのは、今宵『つながっているもの』たち。彼らは星の遣《つか》いであるが、自分たちのこと以外は分かっておらず、時折こうしてマスターの生徒になる。

生徒たちには、各自テーブルが与えられ、その上には『月光のレモネード』が置いてある。

月の光をたっぷり浴びたレモンが添えられたレモネードは、心身に染み渡る甘酸っぱさだ。仕事帰りの疲れた方への一杯としてもおすすめだけれど、これから勉強を始める生徒たちの活力にもなる。

「――このレモネード、私の髪の色みたい」

私・金星《ヴィーナス》は、自分の髪に触れながら、うふふっ、と笑ってレモネードを口に運び、マスターの方を向いて片手を挙げた。

「マスター、あらためて、質問なんですけど」

「なんでしょう、ヴィーナス」

「『魚《うお》座の時代』から『水瓶《みずがめ》座の時代』に変わったのは、西暦二〇〇〇年頃なのに、今年、二〇二〇年になって急に激動したのは、どういうわけなんでしょうか?」

マスターは、なるほど、と頷《うなず》いて、皆を見回す。

「ヴィーの質問に答えられる方は?」

すると赤髪の青年が、テーブルに手をついて立ち上がった。

「『魚座の時代』が終わったのは、西暦二〇〇〇年頃。その後、時代は『水瓶座の時代』へと変わった。それなのに前時代である魚座の雰囲気をずるずると引きずっていたのは、『地』の時代が続いていたからだ。だが、それも二〇二一年——正確にはこの二〇二〇年の十二月に『地』の時代が終わり、『風』の時代になる。二〇二〇年は、その影響が出たんだ」

そう発言して、彼は席に着く。

彼の名前は、火星《マーズ》。

とても凛々《りり》しい顔立ちをしていて、髪は火のように艶《つや》やかな赤、瞳の色も同じ色だ。

「意外とマーくんも勉強熱心なんだね……」

ぽつりとつぶやいたのは、銀髪の少年・水星《マーキュリー》だ。彼は、美少年と誉《ほま》れが高い。中性的な容姿をしている。

「ちゃんと名前で呼ばないか。『マー』はお前も一緒だろう」

赤髪の青年に睨《にら》まれて、マーキュリーは、「まぁね」と笑う。

彼らのやり取りを微笑ましく見守っていた三毛猫のマスターは、ふふっと笑い、

「マーズくん、その通りです」

と、話題を戻した。

「そうです。十九世紀頃から二百年以上、この世界は『地』の時代でした」

私はさらに分からなくなって、ええと、と顔をしかめた。

「紀元後に『魚座の時代』が始まって、そこから西暦二〇〇〇年くらいまで、つまり約二千年間は、『魚座の時代』だったんですよね？　それなのに『地』とか『風』の時代ってどういうことですか？」

質問をしながら、混乱が極まってくる。

そんな私を見て、隣では、マーキュリーがあんぐりと口を開いた。

「え、君、そこからなの？　いつもしたり顔でお客様にアドバイスをしているのに？」

「私は、ホロスコープならなんとか分かるのよ。ハウスの特徴とか、惑星のこととか。それと、なんていうかね、大いなる啓示を受け取って伝えているところもあって、言ってしまえば巫女《みこ》のような……」

「勘で話してるということ？」

「勘とは違うのよ！　宇宙の意思を伝えているの」

強く返しながらも、私はばつが悪くなって身を縮ませる。

マーキュリーは、はいはい、と息をつく。

相変わらず、小生意気な子だ。

すると即座にマーズが、マーキュリーをぎろりと睨んだ。

「ヴィーは感性の星なんだ。もっと尊重しろ」

はーい、とマーキュリーは気がない返事をした。

マスターが、本題に戻りますね、と懐中時計を手にした。それは普段は時計であり、時に特別なことができる。

夜空に、魚座と水瓶座の図が映し出された。

「マーズくんが言っていたように、西暦二〇〇〇年頃までの約二千年間は、『魚座の時代』でした。そして今は『水瓶座の時代』になったわけですが、この星座の時代というのは何かと言うと、『春分点』の話なんですよ。春分点のスタートが魚座にあった。それが水瓶座に移ったんです」

「春分点……」

はあ、と私はよく分からないまま、相槌《あいづち》をうつ。

「季節が変わると服装や行動が変わりますよね。それは、『生き方が変わる』と言っても良いでしょう。それと同じで時代が変われば、様々なことが変化します」

そう言って、マスターは説明を続ける。

私は質問したい気持ちを抑えて、とりあえず今は黙って話に耳を傾ける。

マスターの説明はこうだった。

これまでは、『魚座』という時代の中で、『火』『地』『風』『水』といった四つのエレメント（要素）が、移り変わっていった。

『火』は、起承転結の起。火の属性である星座は、牡羊座《おひつじ》、獅子座《しし》、射手座《いて》。

『地』は、承。星座は、牡牛座《おうし》、乙女座《おとめ》、山羊座《やぎ》。

『風』は、転。星座は、双子座《ふたご》、天秤座《てんびん》、水瓶座。

『水』は、結。星座は、蟹座《かに》、蠍座《さそり》、魚座。

そうしたエレメントが変わることを『ミューテーション』と呼び、それは約二百年に一度、起こるそうだ。

「これが、どうやって、起こるかというと……」

マスターは、すたすたと歩き、スーツを着たスマートな中年男性・土星《サートゥルヌス》と、ふくよかで優しそうな中年女性である木星《ジュピター》の肩に手を載せる。

「こちら、土星と木星は、社会に影響を与える力がとても強い星です。この二つの星が約二十年に一度、重なることがあります。それを『グレート・コンジャンクション』と呼びます」

コンジャンクションとは、占星術用語で『合』、合わさるの意だ。

私は、ふむふむ、とノートに『グレート・コンジャンクション』と書き込む。

「二十年に一度、サーたんとジュピターがぴったりくっつくわけですね」

サートゥルヌスは「その言い方は……」と顔をしかめた。

隣でジュピターが、いいじゃない、と愉《たの》しげに笑う。

そうです、とマスターが頷いた。

「二十年に一度というサイクルで重なる土星と木星ですが、約二百年に一度、重なる場所が変化します。たとえば『火』のエレメントの場所から、『地』のエレメントの場所へ、という感じですね。近年で言うと、十九世紀頃から二〇二〇年までは、牡牛座、乙女座、山羊座という『地』のエレメントで重なってきたんです」

ですが、とマスターは、懐中時計のリュウズを二回、押した。

「二〇二〇年の十二月下旬に土星と木星が『風』のエレメントである『水瓶座』で重なります。これから約二百年は『風』のエレメントである双子座、天秤座、水瓶座で重なっていくわけです」

そう言った時、懐中時計が光り、夜空に二つの図が映し出された。

私は納得して、立ち上がった。

「分かりました。つまりは、こういうことですね。ああ、私の好きな舞台に譬《たと》えさせてください」

私はそう前置きをして、自分が頭の中でまとめた話を発表した。

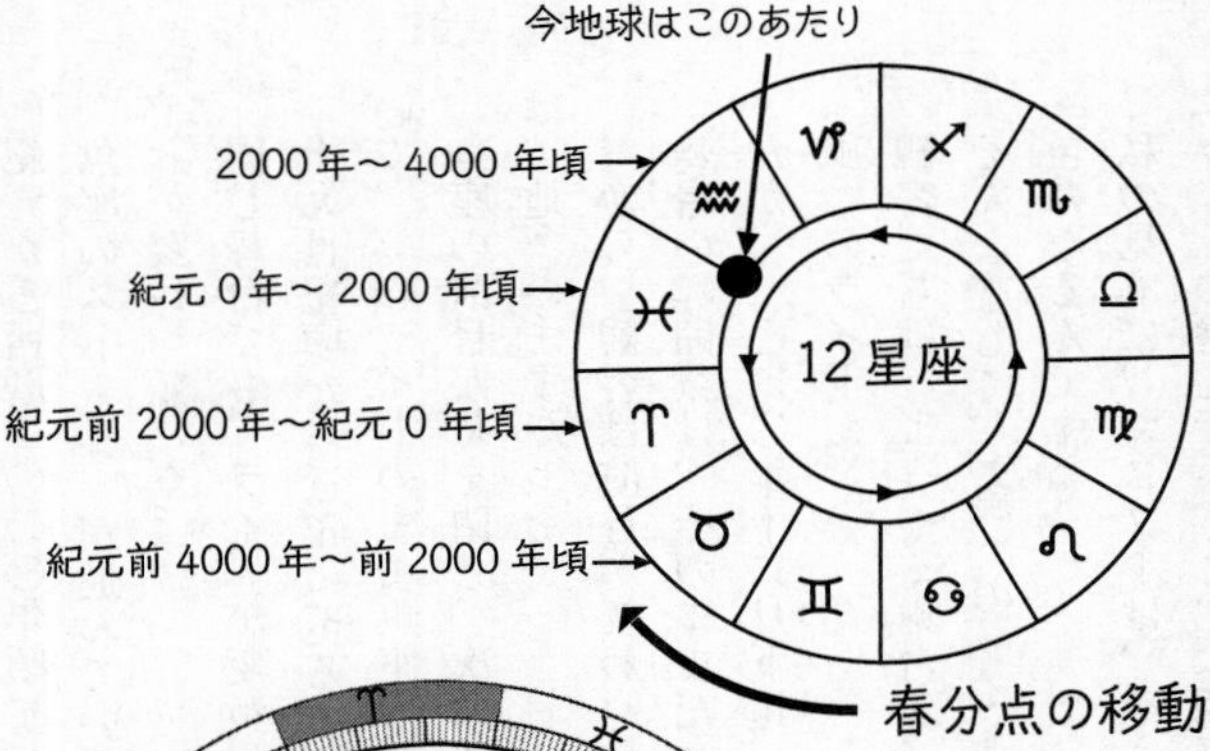

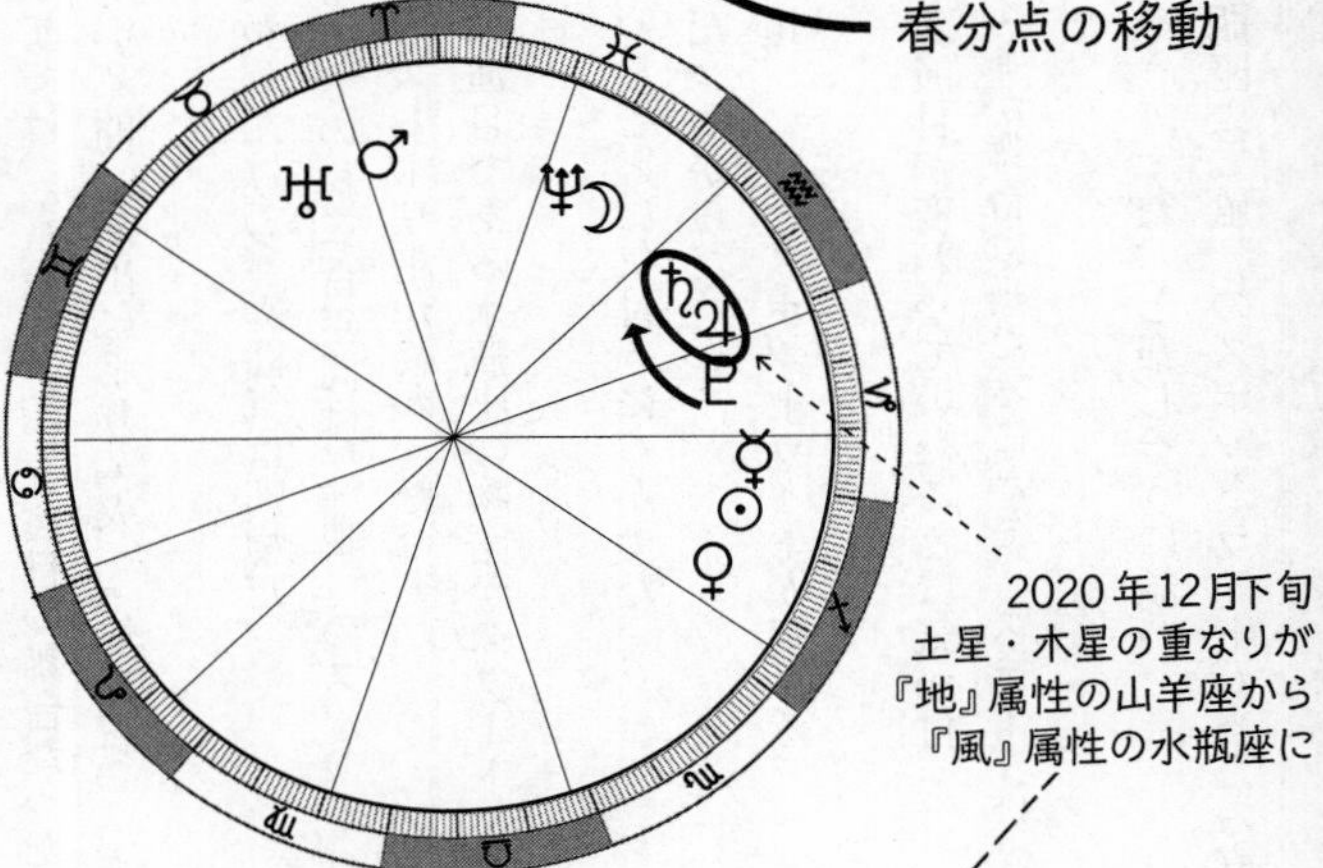

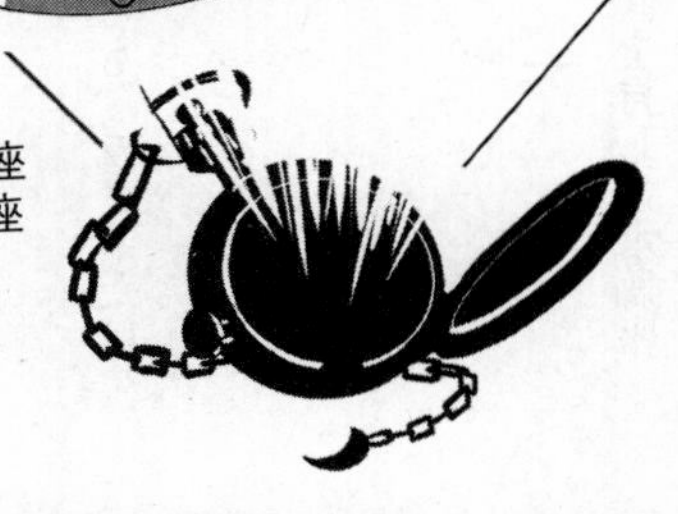

※
春分点は魚座→水瓶座
惑星は山羊座→水瓶座
と、動きは逆

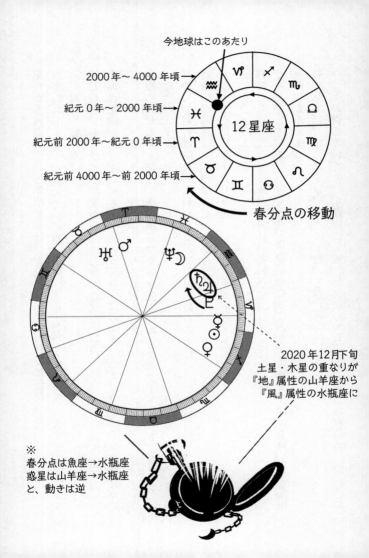

紀元から西暦二〇〇〇年頃までは、『魚座』という演目の舞台だった。

魚座のストーリーが進んでいく間、演出により『火』『地』『風』『水』とスポットライトが変わっていく。

同じ舞台でも、ライトが変わるだけで、雰囲気は別物だ。

十九世紀頃から近年に至るまでの約二百年間は、『地』のスポットライトが当たっていて、そのライトのまま魚座のストーリーが終わった。

魚座の演目が幕を閉じ、次の演目である水瓶座の物語がスタートしても、ライトだけは『地』のままだった。

だから、観客は演目が変わったことに気付きにくかった。

舞台の雰囲気は、そのままだったからだ。

だが、二〇二〇年十二月下旬、ついにスポットライトが変わる。

『風』のライトだ。

観客たちは、ようやく舞台の演目が変わっていたことに気が付く。

「そんな感じで、『風』のライトが舞台に当たることで、ステージは満を持して水瓶座一色になるんですねっ」

私の見解に、マスターは、そうですね、と楽しそうに頷いた。

「ヴィーの譬えでいくと、水瓶座に『風』のスポットライトが当たる直前の二〇二〇年の一年間は、引き継ぎの期間だったといえますね。時代の性質が変わるというのは、社会の構造が変わることです。そのため、これまでの常識を打ち破るような出来事が、次々と起こってしまったわけです。時代が移り変わった後も数年は、少し世の中も混乱しています。我々、星の遣いは迷える人々を少しでも導ける、道を照らす光になれたらと思っています」

そう言うマスターに、私たちは黙って相槌をうつ。

「さて、あと少しで十二月ですね。人々にとって特別な季節です。今年もクリスマスイブには『満月珈琲店』も特別営業をしようと思っています」

そう言ったマスターに、私たちはパッと顔を明るくさせた。

基本的に当店は、満月（もしくは新月）の夜に開店する。

だが、毎年クリスマスイブは、月が欠けていても特別営業をしていた。

「今年もその後に宴会しましょうね」

「忘年会ね」

私とジュピターが、キャッキャッと喜ぶ横で、マーキュリーは微《かす》かに肩をすくめる。

「女性が揃《そろ》って『宴会』に『忘年会』って、そこは『クリスマスパーティ』って言おうよ」

そんな中、サートゥルヌスだけは、いつも通り冷静な表情のままだ。パーティなんて興味がない、という顔をしながらも、彼は律儀なので毎年欠かさず参加している。

マスターはそんな私たちを見て、嬉しそうに細い目をさらに細めた。

「あとですね、この年末、ようやく彼と彼女の依頼を遂行《すいこう》できそうです」

その言葉に私は、なんのことだろう、と眉根を寄せる。

月《ルナ》は心当たりがあるようで、ああ、と相槌をうった。

「彼女の方は、二十一年前のあの子ね」

「えっ、二十一年前に何かあったの?」

「私の友達だった子よ。旅立つ前にひとつ頼まれごとをされていたの。……そう、いよいよなのね」

私とルナの会話を聞き、そうです、とマスターは頷いた。

「彼の方は、十四年前の依頼ですね。奇《く》しくも七の倍数ですね」

天王星《ウーラノス》が、ニッ、と笑って頬杖をつく。

「そうは言うけど、マスター。『七』とその倍数は、この宇宙においてなかなか縁深い数字だから、『奇しくも』というほどじゃないと思う」

「君は七年サイクルで、星座を移動するしね」

とマーキュリーが言うと、ウーラノスは、「おう」と頷いた。

「土星オジサンなんて、七年ごとに試練をドカンと与えるしね」

「土星オジサン……。何度も言うが、『試練』ではなく『課題』なんだがね」

サートゥルヌスは、不服そうに息をつく。

「あら、課題も人によっては、試練よ」

私たちがワイワイと言い始めると、マスターは、まあまあ、と皆をなだめた。

「話を戻しますよ。依頼については、後ほど説明いたしますが、そうした事情があり、今年の十二月は、イブ以外にも特別営業をする日が増えると思います。よろしくお願いいたします」

はい、と皆は声を揃える。

「よく分からないけど、がんばらなきゃ」

私が張り切って拳《こぶし》を握っていると、マーキュリーが冷ややかに一瞥《いちべつ》をくれた。

「がんばるのは良いけどね、ヴィー、君は本当に大丈夫？」

「えっ？」

「星詠みの基礎中の基礎も分かってなかったじゃないか。君は勉強を怠《おこた》っていたの？」

痛いところを衝かれて、私は身を小さくした。

「だって、さっきマーズが言ってくれたように私は感性を活かすタイプだから……。そもそも星の勉強よりも、タロットカードの方が得意で……」

言い訳をしていると、側にいたジュピターが、くすくすと笑った。

彼女は栗色でウェーブがかかった長い髪をしている。

まるで、ジャズシンガーのような雰囲気だ。

「マーズも言っていたけれど、ヴィーは、『楽しむ』ことと『感性』を活かすのがお仕事なのよ。お勉強が大好きなマーキュリーとは違うの」

「ああ、ジュピター！」

私は立ち上がって、ジュピターの胸に飛び込む。

「ヴィー、それが、あなたの良いところよ」

「ありがとう、ジュピター。そうなの、私は『楽しむ』ことが大好き。だから、今度はもっと、キラキラしたところに出店したいの」

「まぁ、楽しそうね。そうね、もう冬も本番だし、イルミネーションでキラキラしたところに行きたいわよね」

そんな私たちを見て呆れたように息をついたのは、サートゥルヌスだ。

いつものように気難しい顔で、眼鏡の位置を正している。

「まったく、ジュピターは、いつもヴィーに甘い」

「だって、私たちは仲良しですもんね」

「ねぇ」

声を揃える私とジュピターに、サートゥルヌスとマーキュリーは顔を見合わせて、やれやれ、と肩をすくめる。

一方でマーズは、「別に、仲が良いのは、いいことじゃないか」と洩《も》らす。

彼は青年だが、まるで思春期の少年のような部分もある。ぶっきらぼうな口調だけど、彼はいつも私を応援してくれるのだ。

そんな彼に私も良いところを見せたい、と顔を上げた。

「ところでマスター、これから果てしなく続く『水瓶座の時代』は、どう生きるのが好ましいんでしょうか？」

そう問うた私に、マスターは、うーん、と唸って首を捻《ひね》る。

「一番大事なのは、やはり『自分を知る』ことでしょう」

そうそう、と皆が同意する中、マーキュリーが口を開く。

「自分の出生図《ネイタルチャート》をしっかり確認して、自分がどういった属性の人間なのか知っておくと、生きやすいんだよ」

「それはもちろん分かっているけれど、もっと、分かりやすくできないかしら。私も星詠み見習いの端くれとして、時々、街角で相談に乗ったりしているんだけど、『出生図』とか『属性』って言われても、よく分からないって言われることが多いのよ」

では、とサートゥルヌスが答えた。

「自分の課題を知るといいだろう」

「サーたんが言う『課題』って、『試練』でしょうか？　そんな楽しくないのは嫌」

ぷいっ、と私が横を向くと、

「楽しくない……」

サートゥルヌスは、目を丸くして絶句した。

そんな私たちに、皆は、くすくすと笑う。

真っすぐな黒髪の美女、ルナも、ふふっと笑って、口を開いた。

「まず、自分の本質を知るのには、『月』の位置を知ることかしら」

ルナはとても小さな声で、ぽつりとつぶやく。

彼女はオペラを歌う時は、とても迫力があるのに、普段の声はとても小さい。

「月の位置ね……そういえば、芹川《せりかわ》先生も月の位置が『家』を示す第四室《ハウス》に入っていたんだっけ」

私は以前、訪れた女性のことを思い出しながら、メモを取る。

ええ、とルナは同意してから、付け加えた。

「ハウスもそうだけど、星座も大事ね」

「月星座というものね」

月星座も大事、と私は書き加える。

「あと、『自分を楽しく知る方法』は……」

マスターがそう言った時、月の光が強くなった気がした。

月が天頂に達したのだ。

その影響か、私たちの姿が猫へと変わっていく。

ルナは黒猫、マーキュリーはシャム、マーズはアビシニアン、ジュピターはメインクーン、サートゥルヌスは白と黒のハチ割れ、ウーラノスはシンガプーラ、そして私は白いペルシャだ。

皆は、瞳に月の光を宿しながら、マスターに視線を送る。

その時伝えてくれたマスターの言葉が腑《ふ》に落ちず、私は眉間《みけん》に皺を寄せる。

「えっ、そんなことですか？　そんなの誰でも知ってるものなのではないですか？」

いつの間にか隣に来ていた黒猫のルナが、そっとつぶやいた。

「それってね、知っているようでいて、自分の中の奥底に隠してしまって、分からなくなっている人が多いものよ」

そうなの？　と私が目を瞬かせると、ルナはこくりと頷いた。

天の岩戸ね、とジュピターが微笑みながら相槌をうつ。

そういうものなんだ、と私は息を吐き出す。

マスターは、こう言ったのだ。

——自分を楽しく知る方法、それは自分の『本当の願い』を知ることです。

プロローグ

小春日和。

つくば市の科学万博記念公園には、『年忘れ収穫祭』という名の下、たくさんの人々が集まっていた。

会場には、常陸《ひたち》牛のステーキやレンコンチップス、干し芋といった名産品を販売する屋台が並び、外国人たちの楽団が陽気な音楽を奏でている。

金髪の女性と銀髪の少年がバイオリン、赤い髪の青年がビオラ、まっすぐな黒髪の女性がチェロ――カルテットだ。

つくば市は、教育・行政関係の研究所に加え名だたる企業の施設も多く、海外からの研究者も多い。そのため、訪れた客たちは、外国人の楽団を珍しがることもない。

だが、この楽団は例外だ。まるでハリウッド・スターのように美しく華がある彼らの姿には、目を惹かれた。

指揮者だけは日本人のようだ。

黒髪にスーツを纏《まと》った、少し気難しそうな中年男性が、眉間に皺を寄せながら指揮棒を振っている。

「あの指揮者さん、険しい顔ね……」

怒ってるのかな……、と私が思わず洩らすと、隣にいたもうすぐ七歳になる娘が、うん、と首を振る。

「あのおじさん、怒ってるように見えるけど、本当はすごく楽しいし、嬉しいんだよ」

よく通る声で、そんな風に言う。

娘の言葉が聞こえたようで、指揮者の男性は、ばつが悪そうに苦笑し、楽団員たちは演奏をしながら肩を震わせていた。

私は、すみません、と何度も頭を下げて、その場から逃げるように立ち去ろうとした。

すると指揮者の男性が娘に向かって、指揮棒を持っていない方の手でバイバイ、と手を振ったのだ。

少し照れたような微笑みに、彼とは初対面だというのに、とても貴重なものを見られた気がして、嬉しくなった。

「ねっ、優しいでしょう?」

そうだったね、と私は頷く。

娘——愛由《あゆ》には、こういうところがある。

先日のことだ。

時おり、家の前の公園のベンチにやってくる初老の男性がいる。彼はいつも不機嫌そうな顔をしていて、私のような子どもを連れた母親が挨拶をしても、しかめ面を返すだけだ。

私は彼が嫌いだった。

疎遠《そえん》になった実の父を思い出す。

いつも無口で不愛想なのに、口を開くと横暴だった。父のせいで、私の家はバラバラになってしまったのだ。

この男性も同じタイプだろう。

子どもが嫌いに見えるのに、どうして公園に来るのだろうか？

そのうちに、私も挨拶をせずに、かろうじて会釈《えしやく》する程度になっていた。

愛由は、そんなおじさんの許に向かい、『こんにちは』と元気に挨拶をした。

おじさんは、何も言わずにしかめ面を返す。

子どもから挨拶を受けて、その態度はないだろう。

私は怒りを覚えながら、『愛由、気にしなくていいからね』と小声で伝えると、愛由は不思議そうに小首を傾《かし》げた。

『気にしなくていいって、何が？』

『おじさんが、挨拶返してくれなかったこと』

言いにくさを感じながら伝えると、愛由は、ふるふると首を振る。

『おじさんは、声が小さくて聞こえないだけなんだよ。ちゃんと、こんにちはってしてくれたよ』

『愛由には聞こえたの？』

『ううん、お口がもごもごってしてたの。恥ずかしがり屋なのかもしれないね』

そんなわけがないだろう、と思っていた。

だが、そのおじさんは帰り際に、私と愛由の方にやって来て、無言で飴《あめ》を差し出したのだ。いや、無言ではなかった。たしかに、もごもご何か言っている。

愛由は、もらっても良いか、確認するように、私を見た。

私が頷くと、愛由は飴を受け取った。

『おじさん、ありがとう』

愛由の満面の笑みを見て、おじさんはそっと口角を上げた。その姿を見て、彼は愛由が言っていたように恥ずかしがり屋で、ただ不器用な人だったのかもしれない、と思わされた。

——もしかしたら、私の父も、そういう人だったのかもしれない。

まさかね、と笑って私は愛由の小さな頭を撫《な》でた。

愛由には、そんな不思議なところがあった。

一見では分からない、その人となりを感じることができるのだ。


「あ、パパだ」

その声に私は我に返って、愛由に視線を落とす。

賑《にぎ》やかな会場から少し離れたところに、夫がいた。にこやかな笑みを浮かべて、大きく手を振っている。

「純子《じゅんこ》」

と、私の名を呼ぶ。

かつては『絵に描いたような好青年』だった夫も、今や『好中年』だ。

「聡美《さとみ》はやっぱり、仕事が忙しくて今日は来られないって」

聡美というのは、夫の妹だ。

私にとって義妹になる。小姑と言われる存在だけど、実家とも疎遠で妹が欲しかった私には本当の妹のように可愛い存在だった。

「そうなんだ。この祭りのイベントに関わった張本人が来られないなんて残念だね」

「聡美にとっては、たくさん手掛けているイベントのひとつでしかないんだろうなぁ」

義妹は、広告代理店に勤めていて、イベントプランナーでもある。

この茨城を出て、渋谷のオフィスでイキイキ仕事をしていた。

「えー、サトちゃん、来られないの？」

愛由は残念そうに口を尖《とが》らせる。

娘は、叔母を心から慕《した》っていた。

「残念だねぇ」

「愛由、あれが、聡美が力を入れていたことなんだって」

夫は、広場の方を指した。

ずらりとケージが並んでいるのが見えた。

「わんちゃんだ！」

と、愛由が目を輝かせた。

私は手庇《てびさし》を作りながら、本当だね、と頷く。

「犬や猫がたくさん」

ケージの中では、犬や猫が不安げな様子を見せている。

なんだろう、と訝《いぶか》しく思うも、

『犬・猫　譲渡会　～どうか、この子たちを家族に迎えてください～』

その看板を目にして、私はすぐに納得した。

「譲渡会をやってるんだ」

そう、と夫が頷く。

「聡美が、保健所で殺処分される子たちを少しでも減らしたいって、自分はペットを飼える環境下にいないけど、せめて、縁をつなぐお手伝いをできたらって」

ケージの側には、着ぐるみを着たスタッフと、優しげな女性がいた。

怯《おび》えている犬や猫たちに向かって、「大丈夫だよ」と呼び掛けている。

「ねぇねぇ、見に行ってもいい？」

ぐいぐいと手を引く愛由に、私は眉根を寄せた。

「いいけど、愛由。見に行っても飼えないからね。生き物を飼うっていうのは、大変なことなんだからね」

犬や猫を救うのは、大切なことだ。

だけど、無責任に引き取ることはできない。

ふと、昔の出来事が頭を過《よぎ》る。

あれは、小学校の頃だ。

私の実家は、鎌倉だった。

江ノ電が走るそばを勢いよく学校から帰って来て、母親に向かって叫んだ。

『友達の家で、犬の赤ちゃんが生まれたって。貰《もら》い手を探してるの。お母さん、うちで飼いたい』と。

すると先に家に帰っていて、畳でゴロゴロしていた弟が飛び起きて、『僕も、犬が欲しい！』と声を上げた。

それからは私と弟の共同戦線だ。犬が欲しい、犬が欲しい、と言い続けた。

毎日、朝晩散歩に行くし、餌の用意も全部する。宿題も家の手伝いもちゃんとする。素晴らしい良い子になるから、と、明らかに無理なことを言って。

駄々《だだ》をこねて、泣き落として、そうしてなんとか、犬を迎えることに成功した。

柴犬っぽい雑種で、つぶらな瞳が愛らしい犬だった。

温厚で優しい性格であり、私たちは、その犬に夢中になった。

だというのにだ。

散歩も餌も宿題も家の手伝いも、『素晴らしい良い子』も最初だけだった。

後は母が面倒見てくれることになり、私たちはただ可愛がるだけだった。

『お前らは口ばかりだ！』

と、飼うことに反対していた父に怒られると、慌《あわ》てて世話をするのだけど、すぐに元に戻っていた。

そんな愛犬が天寿をまっとうしたのは、私が社会人になった年の冬のことだ。

私は、早く実家を出たかったので、大学は寮生活を送り、就職後は都内で一人暮らしをしていた。

母から愛犬が危篤だと連絡がきた時のショックは忘れられない。

愛犬は、家にいるのが当たり前の、家族の一員になっていたのだ。

その後、ふとした拍子に思い出しては泣いていた。

もう二度と、犬――動物は飼わない、とあの時に誓ったのだ。

「見に行くだけ、見に行くだけだから――」

分かった分かった、と頷いて、ケージに向かう。

スタッフの女性が愛由を見て、あら、と弓なりに目を細めた。

「いらっしゃい。マスター、可愛いお客さんがいらっしゃったわ」

ふくよかな中年の女性だ。彼女は、外国人だった。

栗色でウェーブがかかった長い髪を後ろで一つにまとめている。

ベージュのワンピースに白いフリルのついたエプロンをしていて、まるでクッキーかパイを焼いていそうな雰囲気だ。

彼女に、『マスター』と呼ばれた着ぐるみが振り返る。

マスターは三毛猫の姿をしている。大きさから中の人はおそらく男性だろう。今の技術は本当にすごい、と唸るほどによくできた着ぐるみだった。三毛猫のマスターは白いシャツにネクタイをして、その上に黒っぽいエプロンを付けていた。

私たちを見て、眼鏡の奥の目をにこりと細めた。

「いらっしゃい、こんにちは」

「こんにちはっ!」

愛由は元気いっぱいに答えたあと、すぐにケージに目を向ける。

さっきまで怯えた顔をしていた犬や猫が、目をキラキラさせて立ち上がった。

「みんな、愛由が来て、喜んでる」

愛由は、ぐるりと見回した後、雑種らしき犬の前でしゃがみこんだ。

その犬は、もう結構、育っているようだ。

つぶらな瞳でジッと愛由を見ていた。

「愛由、この子におうちに来てほしいな」

「パパも、子どもの頃から犬を飼うのが夢だったんだよ」

「また、あなたまでそういうことを言う」

私は額に手を当てる。

「愛由、この子が来てくれるなら、誕生日プレゼントもクリスマスプレゼントも、なんにもいらないよ」

「おっ、えらいな、愛由」

「あなたは黙って」

はい、と夫が口を噤《つぐ》む。

「どうして、その子なの？」

ここには、もっと小さくて、もっと可愛い犬や猫がいる。

なんなら、中でも一番みすぼらしい犬かもしれない。

「この子が一番、『寂しい』って気持ちが強いから」

「……愛由」

ああ、もう、と私は頭を振る。

「生き物を飼うっていうのは、大変なんだよ。命を預かるんだからね」

「『命を預かれる』って、すごいね。神様のお仕事みたい」

愛由はそう言って、屈託なく笑う。

「愛由はすごいことを言うなぁ」

感心する夫の横で、私は何も言えなかった。

なんの覚悟もない、幼い子どもの言葉かもしれない。

だけど、私は胸を打たれてしまった。

神様のお仕事、か。

私は何も答えずにしゃがみ込んで、ケージの中の犬を見詰める。

「その子はもう大きいですが、とても甘えん坊なんです。抱っこしてみますか？」

マスターは、私の返事を待たずにケージから犬を出して、優しく抱き上げた。着ぐるみを纏っているとは思えない、繊細で丁寧な手つきだった。
どうぞ、と私に向かって差し出す。
私は戸惑いながら、犬を抱いた。
ふわりとした毛の感触と共に温かさと、トクトクと鼓動が伝わってくる。
この感触だ。
瞬時に、かつて飼っていたあの子のことが蘇る。
私のわがままで迎え入れたのに、母に任せっきりで何もしなかったのだ。
目頭が熱くなり、ギュッとその子を抱き締めた。
「……そうだね。命を預かれるなんて、神様のお仕事みたいだね」
私は、くぐもった声でつぶやいた。
でしょう、と愛由が笑みを見せ、私は犬に目を落として、苦笑した。
愛由は、幼い頃の私のように世話するのは最初だけで、後は私の仕事になるだろう。
だけど、それは運命なのかもしれない。
夫が、ぽんっと私の肩に手を載せる。
私は、仕方ない、と頷いてから、マスターを見た。
「この子をお迎えしたいんですが、大丈夫でしょうか？」
予感がしていたのだ。ここを見たいと、愛由が私の手を引っ張った時から……。

こうなってしまう、と。

わぁい、と両手を上げて喜ぶ愛由と分かっているのか嬉しそうに尾を振る犬を見て、これで良かったのだろう、と私は肩をすくめた。

「ありがとうございます。良いご縁を結べて、この子も喜んでいますね。良かったら、細かい説明をいたしますので、あちらでお飲み物でもいかがですか？」

マスターはそう言って、広場の奥に視線を送る。

そこには、トレーラーがあった。トレードマークなのか満月のマークがついている。車の前には『満月珈琲店』という看板が置いてあった。

「トレーラーカフェ？」

はい、とマスターは頷いた。

「あなたに、とっておきのコーヒーを淹《い》れますよ」

マスターがそう言うと、隣でふくよかな女性が、あら、と目を瞬かせた。

「こんなお若い方に、コーヒーをお出しするなんて、珍しいのね」

彼女の言葉に、決して若くない私は、肩をすくめる。

「ええ。今日はご縁に感謝を込めて。そして時には『これから、がんばってください』というエールを込めてお出しすることもあるんですよ」

それは、これからスタートする犬との生活を指しているのだろうか？

「何より近いうちに、またお会いすると思います。その時は、とっておきをお出しできたらと思っています」

「近いうちに？」

私はぽかんとするも、犬を受け取る時に、また会うという意味だろう、とすぐに納得した。

「はい、その時はよろしくお願いいたします」

楽しみに思いながら、私は頭を下げた。

「では、あちらで。旦那様にはカフェオレ、お嬢さんにはココアをお出ししますよ」

すると夫は、嬉しいなぁ、と頬を緩ませる。

「最近、胃が疲れ気味で、コーヒーよりカフェオレが美味《おい》しく感じているんだ」

「愛由、ココア大好き！」

私たちは手をつないで、『満月珈琲店』へと向かった。

第一章

蟹座のチーズフォンデュと
射手座のりんご飴

1

「……参ったなぁ」

がやがやと騒がしいオフィスの片隅で私は、スマホを片手に息を吐き出した。

スマホのカレンダーを確認すると、早くも十二月に入っていた。

この前まで秋だったはずなのに。

「この調子なら、クリスマスイブまで、アッという間よね」

どうしよう、と洩らしていると、隣の席に座る女の子がひょっこりと首を伸ばしてきた。

「市原《いちはら》さん、どうかしました？　何かまた厄介な案件ですか？」

心配そうに訊《たず》ねてきたのは、鈴宮《すずみや》小雪《こゆき》。今年度手伝いに入ってくれた若い派遣社員で、彼女は私のいるチームに属している。

いつも周囲を気遣う姿には、感心していた。

「ありがとう。でも、仕事じゃなくてプライベートのことで」

彼女は少しホッとしたように、頬を緩ませた。

「もうすぐクリスマスですし、お誘いをたくさん受けて困ってるとか？」

その言葉に、私は思わず笑う。

「まったく、鈴宮ちゃんってば、そんなわけないじゃない。とはいえ、クリスマスの誘い自体は合ってるけどね、相手は彼氏なの」

私は、デスクの上のスマホに目を落とす。

彼からのメッセージが表示されたままだった。

『今年のクリスマスイブ。どうしても聡美と一緒に過ごしたいから、なんとか、都合をつけてほしい。どんなに遅くなってもいいから』

聡美というのは、私のこと。

そのメッセージは、彼女の目にも入ったようだ。

「イブは忙しい業界ですもんね。会いたいと言われてもどうしようもないこともありますよね」

そうなのよ、と私は息をつく。

広告代理店に勤め、イベントを担当している私にとってクリスマスイブは、彼氏と過ごす日ではなく、仕事をがんばる日だ。

彼もそれをよく理解してくれていた。

「でも、どんなに遅くてもいいみたいですし、それなら大丈夫じゃないですか？」

「もちろん、それもそうなんだけど……」

このメッセージは、重く強い決意を感じさせる。

大学時代に付き合い始めて、もうすぐ交際七年目になる私たち。

そんな中、イブに『どうしても聡美と一緒に過ごしたい』『どんなに遅くなってもいいから』だなんて……。

これは、プロポーズされるに決まってる。

参った、と額に手を当てる。

私の話を聞いた彼女が首を捻った。

「どうしてそれが参るんですか？　長く付き合ってる彼氏にプロポーズされるって、幸せなことですよね？」

「私はまだまだ結婚したくないのよ。今の生活が快適すぎて」

振り返って、窓の外を眺《なが》める。

職場は渋谷駅直結のビル。住むマンションは恵比寿で、晴れた日はクロスバイクで通勤をしているという、絵に描いたような都会暮らし。

「市原さんの彼氏は、たしか筑波大で一緒だったって人ですよね？」

「そう、今はその大学で講師をしてるのよ」

「素敵じゃないですかぁ」

きゃっ、と彼女は手を組んだ。

「それが問題なのよ……」

私の地元は、茨城県つくば市だ。

進学した大学も、地元の筑波大だった。

筑波大は、『同棲率が高い』とか『卒業後にすぐ結婚するカップルが多い』などと言われている。これは一部の人たちに囁かれる、いわゆる地域のあるある話で、私が言っているわけではないから、怒らないでほしい。

『田舎で何もすることがないから退屈で結婚に行きつく』——などと揶揄《やゆ》する人もいるけれど、一概にそうとは言えない。魅力のある都道府県ランキングでは、いつも下位の茨城だが、実際は非常に住みやすい。

鎌倉から来た兄の奥さんも、『生活をするのに、理想的な街』と言っていた。

茨城県の中でも、特につくば市は学園都市で大企業の研究所がたくさんあり、街は美しくて公園も大きくて、お洒落《しゃれ》でグローバルなカフェやショップも多い。

子育てに適した、理想的な環境の街なのだ。だからそのまま、そこが気に入って住み着いてしまう人が多い。

けれど、都会に憧れ続けた私には物足りない。

彼は大学を辞めるわけがない。

となると、結婚するならば、私がつくばから都内に通うことになる。

なんなら、つくば市にも支店がある。

希望を出したなら転属はさせてくれるだろう。

地方支店から本社へ移るのは大変だが、本社から支店に移るのは簡単だ。

そうなれば、実家も近いし親も喜ぶし、いいのかもしれない。

けれど、私は懸命にがんばって、今のこの生活を手に入れたのだ。

少し古臭いバブル時代のような価値観かもしれないが、そうした雰囲気のドラマを好んで観ていた私としては、『都会でバリバリ働く女性』というのに、憧れ続けたのだ。

手放したくなんかない。

「そんな、すぐに転属なんて考えなくても、とりあえず通ってから考えてみてはどうですか？　ほら、つくばなんとかプレスって電車が走ってるんですよね？」

「『つくばエクスプレス』ね」

「そうそう、たしか、つくば・秋葉原間を四十五分で走るとか」

それにしたって、と私は苦笑する。

「それじゃあ、別居結婚を選択という手もありますよ」

そう言って、彼女は人差し指を立てる。

私は、ふるふると首を振った。

「別居結婚をするなら、無理をせずに今のままでいいかなって思うのよね」

そうかもしれませんねぇ、と彼女は相槌をうつ。

「彼氏さん、元々つくばの方なんですか？」

「それが、実家は都内なのよ。東京のごちゃごちゃした感じを嫌って、わざわざつくばを選んだのよ。私と真逆」

『僕はこの緑が多い街が好きなんだ』

常にそう言っていたけれど、就職となれば都内に出るだろうと思っていた。

まさか大学に残るとは……。

だが、彼はそういう人だ。

のんびりしていて、優しくて温かい。

彼が都会の空気が肌に合わないのも、私は理解している。

そして私自身、そんな彼が好きなのだ。

彼と一緒に過ごす時間は、私にとって宝物だ。

結婚はしたくないけど、別れたくはない。絶対に。

けれど、プロポーズを断ったりしたら、別れにつながる可能性もある。

そんなわけで、

「……参ったなぁ」

と、いうわけだ。

結婚か仕事か、岐路に立たされているのかもしれない。

その時、スマホが、ブルルと振動して体がビクッとした。

もし、彼だったらどうしよう。

怯えるように確認すると、『市原純子』という名が表示されていた。

義姉――兄の奥さんからだった。

「……電話なんて、珍しい」

私は義姉と、本当の姉妹のように仲が良い。

メッセージのやり取りもよくしている。だが、電話がかかってくるのは珍しい。

何かあったのだろうか？

スマホを手に席を立って、通路に出た。

「どうしたの？　お義姉ちゃん」

電話に出ると、

『サトちゃんの企画したイベント、とっても楽しかったよ。ありがとう』

義姉は、開口一番にそう言った。

「ああ、万博記念公園の……ワンちゃん引き取ることにしたんだよね？」

『うん、色々な手続きがあって、まだ来てないんだけどね。イブにはお迎えできるのよ。愛由も大喜びで』

「もしかして、私が企画した譲渡会だから、無理させちゃった？」

申し訳なさを感じながら問うと、義姉は明るい声で、ううん、と答える。

『ご縁だったと思うから、むしろ、お礼を言わせて』

「ううん、そんな。それで電話を？」

『あ、それがね、その譲渡会の帰りに、イーアスに行ったのよ。その時にね』

イーアスというのは、『イーアスつくば』といって、つくば市にある大型ショッピングモールだ。

そこは一つの町を思わせるほどに大きく、買えない物などないのではと思うほどになんでも揃っている。私も学生時代はよく行っていたし、思えば今も実家に帰るたびに必ず行っていた。

『宝飾品コーナーで、諒《りょう》ちゃんが指輪を熱心に見ていたのよ。思わず声を掛けたら、サトちゃんへのクリスマスプレゼントだなんて言うから』

諒ちゃんとは、私の彼の名前だ。

やや興奮気味に言う義姉の声を聞きながら、やれやれと肩をすくめた。

もし彼が、素敵なサプライズを企画しているつもりなら、こんな報告をしてしまう身内に会ったことは残念以外の何物でもないだろう。

それにしても、気配りに長《た》けた義姉らしくない気がする……。

『本当は伝えるべきじゃないんだろうけど、サトちゃんは常に「まだまだ、結婚したくない」って言ってるから、これは事前に伝えておこうと思って』

そう続けられ、私は言葉に詰まった。

たしかに、いくら予想していたとしても、実際に指輪を出されてしまったら、私は戸惑いのあまり、

『こ、こんなの困る』

などと咄嗟《とっさ》に言ってしまう可能性がある。

そうしたら、私たちの間に深い亀裂《きれつ》が入ってしまうだろう。

義姉は結婚に対する彼と私の温度差を懸念して伝えてくれた。

血のつながりはない姉だというのに、いつも私のことをお見通しで脱帽《だつぼう》だ。

「……そうだね、ありがとう」

『どういたしまして。あとね、サトちゃん』

「うん？」

『この前、帰って来た時に、愛由に「いつでも東京の街を案内してあげるから泊まりにおいで」って伝えてくれたでしょう？』

急に話題が変わり、私はぽかんとしながら、頷く。

「そうだったね、言った」

この前と言っても、お盆の話だ。

〝ねぇねぇ、サトちゃん、東京ってやっぱりお洒落？　素敵なところ？〟

と、小学一年生のおませな姪の愛由が、熱心に聞いてきた。

義姉はその時、もう、と頬を膨らませて言った。

『ママだって、愛由を東京ぐらい連れて行ったことあるでしょう』

『だって、上野動物園とかだったもん』

母親と同じように、愛由も頬を膨らませて答える。

そんな二人を前に私は笑いながら、分かった。それじゃあ、案内してあげるから、いつでも泊まりにおいで、と約束したのだ。

『……実は、あれから毎日毎日、「いつサトちゃんの家に泊まりに行けるの？」攻撃が続いていたのよ。けど、「もうすぐワンちゃんが来るから、そうしたら、もうサトちゃんの家に行けないね」って、今度は悟ったような諦《あきら》めた声を出してて……』

言いにくそうに伝える義姉に、「あらら」と私は肩をすくめた。

私としては軽い気持ちで言った言葉でも、姪にとっては待ち遠しいイベントだったのだ。

あの約束をしてから、もう四か月。

ずっとずっと私が『泊まりにおいで』って言うのを待っていたのかもしれない。

だとしたら、本当に悪いことをしてしまった。

義姉も私が忙しいのを知っているから、今まで黙っていたのだろう。

「……ごめんね、お義姉ちゃん。ワンちゃんはまだなんだよね？　それじゃあ、今度の土日はどうかな？　丁度休めるから」

クリスマス・イルミネーションで街も綺麗《きれい》だし、いいかもしれない。

『いいの？』

少し驚いたように言う義姉に、小さく笑って頷いた。

「うん、いいよ。愛由の誕生日にも行けそうにないし。少し早い誕生日プレゼント」

『ありがとう。それじゃあ、東京まで連れて行くわ』

「うん、そうしてもらえると助かる。それじゃあ、エクスプレスに乗って秋葉原まで連れてきて。そこから引き取るから」

『ごめんね。とっても喜ぶわ。東京に行くための服まで用意してたのよ』

その言葉に、胸がちくりと痛む。

新しい服まで用意していたなんて。

そんなに楽しみにしてたのに、私はすっかり忘れていたのだ。

ううっ、ごめんよ、愛由。

「それじゃあ、土曜日にね。時間が決まったら連絡して」

『うん、ありがとう』

通話を終えた私は、そのままデスクに戻る。

「もしかして、彼氏さんですか？」

また興味津々で訊ねてくる彼女に、私はにっと笑って答えた。

「ううん、違う子とデートの約束しちゃった」

えっ？　と彼女は驚いたように目を瞬かせた。

「とっても可愛い子なの」

私はすかさずスマホに保存している姪の写真を見せる。

「この子とデートするの」

すると彼女は、ぷっと噴き出した。

「やだ、本当に可愛いですね！」

「でしょう？」

「親戚の子ですか？」

「兄の子」

「姪っ子ちゃんかぁ。私には年の離れた弟がいるんですが、小さい子って可愛いものですよねぇ」

「そうそう、孫みたいにかわいいよね」

「孫って。でも、本当にそうですよね。無責任に可愛がれるというか」

そうそう、と笑い、

「さぁ、可愛い子と心置きなくデートできるように仕事がんばらなきゃ」

私は気を取り直して、ディスプレイに向き合った。

2

そうして、約束の土曜日。

約束している秋葉原駅の改札口で待っていると、義姉と姪の愛由が現れた。

愛由は赤いダッフルコートに、ピカピカの靴を履いている。いつもはストレートの髪も、今日はくるりんと巻かれて、お人形のようだ。

その姿に、私の目尻が下がる。

「ごめんね、サトちゃん。お願いね」

申し訳なさそうに両手を合わせる義姉に、ううん、と私は首を振った。

「私も楽しむつもりだから」

「それじゃあ、明日もここで。何かあったらすぐ連絡してね。あと念の為」

義姉はそう言って、万札やら保険証を差し出す。

「保険証は預かるけど、お金はいらないって」

私は笑顔でお金の受け取りを拒否し、

「それじゃあ、愛由、行こうか」

愛由の小さな手を取った。

「愛由、サトちゃんの言うこと、ちゃんと聞くのよ」

「はーい」

「お義姉ちゃんもたまの東京、楽しんでね」

私と愛由は、義姉にバイバイと大きく手を振り、歩き出す。

「愛由はまずどこに行きたいの？」

見下ろして訊ねると、愛由はきらきらした目で私を見上げる。

「スカイツリー！」

「スカイツリー、ですか……」

女の子が喜びそうなショップやカフェ情報を事前にリサーチして来た私は、そんなべ夕な、と心の中でつぶやく。

「うちのクラスで、スカイツリーに行ったことがないの、愛由とユカちゃんだけなんだよ。ママがね、『そのうちにね～』ばっかり言って」

愛由は、ぷりぷりと怒りながら言う。

「そっかぁ」

私は笑いを堪《こら》えて肩が震えた。きっと義姉もスカイツリーでは、上京するテンションにならなかったのだろう。

今日は育児から少し離れて、一人で東京の街を楽しんでるかな?

「それじゃあ、スカイツリーに行こう」

「うん」

私たちは元気よく歩き出す。

「さぁて、スカイツリーまでどう行こうかなぁ」

電車で移動するのは簡単だけど、せっかくなら街の様子が見られるようにバスもいいかもしれない。

そう思い、停留所まで少し歩くけれど都営バスに乗ってスカイツリーに向かうことにした。浅草も通るので楽しいだろう。

走り出した車内で、愛由は窓に張り付いて、

「うわぁ」

顔を上げて大きく目を見開いていた。

田舎から出て来たら、どうしてか上ばかり見るものだ。

それが都内に慣れてしまうと、もう見上げなくなる。かつての私は東京に遊びに来る

たびに高層ビルを見上げては都会のパワーを感じて、激しく憧れを抱いた。
今となっては、街を見上げることもなく、過ごしている。
思えば最近は、風景も観ず、下ばかり向いて歩いているかもしれない……。
なんだか苦いような気持ちになって、自嘲的な笑みが浮かぶ。
バスが隅田川を渡る時、スカイツリーが見えてきた。
愛由はパチパチと拍手をする。
「大きいね、すごい、すごい！」
と、愛由は目を輝かせてそう声を上げた。
思えば私も、こんなに間近でスカイツリーを観るのは初めてで、
「うん、すごいね」
と、一緒になって頷く。
感激を全身で表現する愛由に、周囲からくすくすと笑い声が届く。
私たちは傍《はた》から見たら、田舎から出てきた母娘に見えるのかもしれない。
実の親なら気恥ずかしくなるのかもしれないけれど、私は叔母だ。
見守る皆と同様に、微笑ましい気持ちでいっぱいだ。
「ほら、愛由、そこに立って」

「はーい」

スカイツリーに到着して、スマホで記念写真を撮った。

中に入ろうとするも長蛇の列であり、愛由は顔をしかめる。

「愛由、並んで中に入りたい？　それとも他のところに行く？」

「愛由はスカイツリーを近くで観たかっただけだから、他のところに行く」

「本当にいいの？」

「うん、友達が『スカイツリーの中は普通だった』って言ってたから」

たしかに、外から見たら高い建物だけど、中は普通にショッピングビルだ。

「それじゃあ、次はどこに行ってみたい？」

「原宿に行ってみたい！」

訊ねるなり、まるで用意していたように、愛由は答える。

スカイツリーに原宿、どこまでもベタだ。

けれど、今日はとことん付き合ってあげよう。

「よし、次は原宿に行こう！」

私たちは、そのまま原宿に向かった。

3

「うわぁ、お祭りみたい」

原宿駅を降りて、竹下通りを見るなり、愛由は興奮気味に言う。

東京はどこも人が多いけど、原宿は特に『お祭り』を思わせる。

狭い道の両サイドにあるポップなお店が、参道っぽいのかもしれない。

ここは、愛由にとってツボだったのか、

「可愛い、可愛い」

と目を輝かせて弾むように歩いている。

クレープを見付けて、愛由はくるりとスカートを翻《ひるがえ》して振り返った。

「サトちゃん、食べてもいい？　お小遣い持って来たの」

「いいよ、ここはサト姉ちゃんが奢ってあげる」

私はクレープを買って、冬空の下、愛由と一緒に食べる。

その後はキデイランドで結構な時間を使い、気が付くと日が傾き出していた。

「さすがに、お腹が空いて来たねぇ」

「ううん、愛由は全然」

きっと興奮して、食欲どころじゃないんだろう。

「そうそう、今日は愛由にとっておきのところを案内しようと思ってたんだ」

「とっておきのところって？」

「私の家の方なんだけど、とってもキラキラしていて素敵なところがあるの」

そう言うと、愛由は跳ねる。

「うわぁ、行く行く！」

私たちは、原宿駅に戻り、山手線に乗って、恵比寿駅へと向かった。

今、恵比寿ガーデンプレイスのプロムナードでウィンターイルミネーションが開催されている。

日も暮れてきたし、ちょうどいい。

人で大変かもしれないけど、見ることくらいはできるだろう。

ここから恵比寿駅まで、五分ほど。

駅に降りると、『エビスビール』のCMを思い出させる音楽が流れている。

ここから、意外と駅の中を延々歩かなくてはならないのだが、スカイウォークのおかげで幼い愛由も疲れずに進むことができる。

恵比寿ガーデンプレイスは元々、サッポロビール工場の跡地であり、今は巨大な複合施設だ。

冬のイベントの目玉は、約十万球もの電飾を用いた迫力のあるクリスマス・イルミネーションと世界最大級のフランス・バカラ製のシャンデリアだ。また、通りの先に見える時計広場の巨大なクリスマス・ツリーもここの名物だろう。

愛由は、イルミネーションを前に、「ふわあああ」と体を震わせる。

「すごいでしょう？」

もちろん、人の数もすごい。けれど、まだ完全に陽が落ちていないためか、満員電車というほどではない。

うんうん、と愛由は、強く頷く。

「サト姉ちゃんはね、子どもの頃、ここの時計広場がドラマの舞台に使われているのを観て、大人になったらこの街に住みたいって思ったんだぁ」

きっかけは単純な憧れだった。

いつしかそれは夢となり、目標となっていた。

そして、今、それをつかめているのだ。

そんな私が今、ここに訪れて思うのは、感慨深さと、少しの悔しさ。

いつか自分もこんな大きなイベントを手掛けてみたい。

やっぱり仕事はやめられないな、と苦笑する。

「すごいねぇ、天の川の中に入っちゃったみたいだね」

「おっ、愛由は、素敵なことを言うねぇ」

時計広場のツリーの前で写真を撮って、坂道のプロムナードを進み、センター広場まで来たところで私は「さて」と背を伸ばした。

「そろそろ、本当にお腹すいたね」

「うん、愛由も」

「でしょう。どこがいいかな」

今から決めておいて、店を予約した方が確実だろう。

そんなことを思っていると、愛由が「あっ」と声を上げた。

「どうしたの？」

「今、白いふわふわの猫ちゃんが、『こっちにおいで』ってしたの」

愛由は、手招きの仕草をしながら言う。

そんな馬鹿な、と目を向けると白いペルシャ猫の尾が、すっ、と人の波をかき分けて、歩いていくのが見えた。

不思議なことに、行き交う人々は白猫を気にも留めていない。

私と愛由は顔を見合わせて、白猫の後を追いかける。

白猫を追いかけていると、シャトーレストラン前の広場に足を踏み入れた。

さきほどまで人でごった返していたというのに、波が引くように人がはけていく。

茜色から濃紺のグラデーションに彩られる夜空に、大きな月が浮かんでいる。

その下に、まさにお城のような佇まいのレストラン、その前の広場には一台のトレーラーカフェがあった。

『満月珈琲店』という看板も見える。

先ほどの白いペルシャ猫は、トレーラーカフェの前のテーブルで、ふわふわの尾を揺らしていた。

「あっ、さっきの猫ちゃん」

愛由がそう言うと、白猫はそのままトレーラーの中に入って行く。

「……あのお店、ワンちゃんをもらったところにもあった」

まるで独り言のように言う愛由に、へぇ、と私は相槌をうつ。

譲渡会に来ていたということは、つくばの公園だろう。イベントの企画には携《たずさ》わったけれど、参加した店舗については細かく把握していなかった。

「トレーラーカフェは、色んな所に移動できるから……」

そう話しながらも、ここにどうやって車を入れたのだろう？　と私は首を傾げながら、トレーラーカフェに近付く。

「いらっしゃいませ」

トレーラーの中から二メートルはありそうな大きな三毛猫が出てきた。

白いシャツにネクタイをしていて、エプロンを付けている。

「っ！」

私が仰天する横で、愛由が、あー、と声を上げた。

「あの猫さんもいたよ」

「公園に？」

「うん。マスターって呼ばれてた」

そうなんだ、と私は少しホッとして、胸を撫でおろす。

着ぐるみのマスターがいるトレーラーカフェというわけだ。

それにしても、猫の着ぐるみがよく出来ていて驚かされる。

猫のマスターは、どうぞお掛けください、とトレーラー前のテーブルセットに手を向ける。

プロムナードは、今もたくさんの人で賑わっている。だというのにシャトー広場には嘘のようにひと気がない。

どういうことなのだろう、と私が戸惑っていると、

「こんばんは、美味しいものをください」

と、愛由は椅子に座って、元気よく言った。

私は苦笑して、愛由の背中に手を当てる。

「美味しいものって、ちゃんとメニューを見せてもらおうよ……」

マスターが、いえいえ、と首を振った。

「『満月珈琲店』は、お客様にご注文をうかがうことはございません。私どもが、あなた様のためにとっておきのスイーツやフード、ドリンクを提供いたします」

愛由も、そうだよ、と頷く。

「『ございません』って、この前も言ってたんだよ」

「へぇ、そうなんだ。ちょっと楽しいね」

頷きながら、ずいぶん強気な店だ、と驚きもした。

「また、当店は基本的に満月や新月の夜にだけ開店するのですが、今月は特別に、月の綺麗な夜にオープンしております」

今月が特別というのは、クリスマス時期だからだろう。

つまりここは、注文を客に聞かず、月に約二回程度しか開店しないカフェということだ。

おそらく本業ではなく、趣味でやっているのだろう。

となると、その分、こだわりを出せるわけで味は期待できそうだ。

私と愛由は、お願いします、とトレーラー前にあるテーブルに着いた。

マスターは愛由の方を向いて、ふふっ、と笑う。

「あらためて、お久しぶりですね」

「うん。この前はワンちゃんをありがとう。来てくれるのがとっても楽しみ」

「どうぞよろしくお願いいたします。では、少々お待ちくださいね」

マスターはそう言って、トレーラーの中に入って行った。

どんな美味しいものが来るんだろうね、と私と愛由はワクワクしながら待つ。

ややあって、すらりとした綺麗な女性が二人、姿を現した。

一人は金髪、もう一人は黒髪。

二人とも、長髪を後ろで一つにまとめていて白いシャツに黒いエプロンを身に着けている。

カラーコンタクトなのか、金髪の女性は碧眼で、黒髪の女性の瞳は紫色だ。

「お待たせいたしました」

彼女たちは、手際よくテーブルに水の入ったコップと皿を置いていく。

皿の上には、ブロッコリー、ニンジン、ズッキーニ、ジャガイモ、カボチャ、レンコンといった温野菜のほか、ウインナーや厚切りベーコン、ボイルしたエビなどがある。

中央に小さなコンロを置いて、火をつけてからスキレットを置く。

スキレットの中には、とろりと蕩《とろ》けたチーズが入っている。

「チーズフォンデュだ！」

私と愛由は、わぁ、と目を輝かせる。

「はい、『蟹座のチーズフォンデュ』です。月の光をたっぷり染み込ませたチーズに、太陽の光をたっぷりと浴びて育った温野菜をつけてお召し上がりください」

金髪の女性が、にっこりと微笑む。

続いて、黒髪の女性が、ワインボトルを出した。

「『星屑《ほしくず》のワイン』もご一緒にどうぞ……」

彼女は表情をあまり変えず、抑揚《よくよう》のない口調で言う。

どうやら、とてもクールな女性のようだ。

黒髪の女性は、私の返事を待たずにワイングラスに白ワインを注いだ。

ただの白ワインで、炭酸は入っていないはずなのに、キラキラと小さな星が瞬いて見える。

「お嬢さんには、こちら『昼と夜のミックスジュース』を……」

と、金髪の女性がウインクをして、愛由のグラスに注いでいく。

それは、薄い黄色と葡萄《ぶどう》色が美しく混ざり合ったジュースだった。

私も愛由も、わあ、とグラスに顔を近付ける。

「とっても綺麗。葡萄ジュース？」

「はい。でも、それだけではなくて、レモンも入っているんです」

レモン？ と愛由は顔をしかめる。

「愛由、酸っぱいの苦手なの」

すると彼女は、ふふっ、と笑う。

「大丈夫。眩《まぶ》しい太陽の光をたっぷり浴びているレモンなので、とても爽やかな甘さなんですよ。葡萄は月の光の下で寝かせているのでとても濃厚な甘さなんです」

それで『昼と夜のミックスジュース』なんだ、と私は納得する。

「ありがとうございますっ」

愛由は目をキラキラさせながら言う。

「それでは、ごゆっくり」

彼女たちは揃って頭を下げる。黒髪の女性はスタスタと、金髪の女性は、またね、と愛由に手を振って、トレーラーへと戻っていった。

二人ともまるで、ハリウッド女優のようだ。

私が彼女たちの後ろ姿を見送っていると、愛由が「サトちゃん、かんぱいしよ」とグラスを手にしている。

私はすぐに愛由に視線を戻して、そうだね、とグラスを手に微笑む。

愛由のグラスも、ワイングラスだった。

とはいえ、私のワイングラスとは違っている。子ども用なのだろう、落としても割れそうにない、ステムが短くどっしりとした作りだ。

「すごい、愛由も大人みたいだ」

愛由は、自分もワイングラスを持てたことが嬉しくてたまらないようで興奮している。

その姿に、私まで嬉しくなった。

乾杯、と私たちはグラスを合わせた。

よく冷えた『星屑のワイン』を一口飲む。

ピリッと辛口でありながら、ほのかに甘い。

私はギュッと目を瞑《つむ》った。

「美味しい、染み渡るっ」

愛由も美しいミックスジュースを飲んで、

「酸っぱくなくて、すごく美味しい」

と、こぼれるような笑みを浮かべていた。

「それじゃあ、いただきますしようか」

「うんっ」

私たちは、いただきます、と手を合わせて、フォンデュ用フォークを手にした。

フランスパンをフォークの先に刺して、スキレットに入れる。

とろりと伸びるチーズも、キラキラと光って見える。

そっと口に運ぶ。

フレッシュチーズのように癖がなく、熟成されたチーズのように濃厚だ。それでいて、しつこくなく、ミルキーな味わいが口に残る。

まさに、子どもから大人まで楽しめる味わいだ。

美味しい。一体、どこのチーズなのだろう?

考えながら、ワインを口に運ぶ。

その時、チーズフォンデュとワインの絶妙なマリアージュに気が付いて、私は思わず口に手を当てた。

たまらない、と目を瞑っていると、愛由が、「あ、マスターだ」と声を上げた。

ふと顔を向けると、トレーラーから猫のマスターがトレイを手にやってきた。

テーブルの上に、皿を置く。

それは、コロコロとした丸く小さなコロッケだった。

「お待たせしました。こちらは、『蟹座のチーズフォンデュ』のメインの『蟹座のクリームコロッケ』です。これも、チーズをつけてどうぞ」

「蟹座のクリームコロッケということは、蟹クリームコロッケですか?」

はい、と頷いたマスターに、私の頰が緩む。

「どうして、射手座の今の時期に『蟹座のチーズフォンデュ』なんだろうと思っていたら、この蟹クリームコロッケがメインの料理だったからなんですね」

マスターは、にこりと目を細める。

「それもそうですが、あなたの『月』は、『蟹座』になるようなので、こちらをご用意させていただきました」

「蟹座？　いえ、私は蟹座じゃないですよ。蠍座なんです」

「『月』星座のことです。あなたの太陽と月の星座図、出生図《ネイタルチャート》を出しても良いですか？」

私はぽかんとして、はぁ、と答える。

マスターは、ポケットから懐中時計を出して、カチリとリュウズを押した。

パッ、とガラス面が光り、夜空に時計のような図が映し出される。

愛由は、わぁ、と目を輝かせた。

「マスター、魔法使いみたい」

ホログラムだよ、と言いそうになるのをこらえて、そうだね、と私は答える。

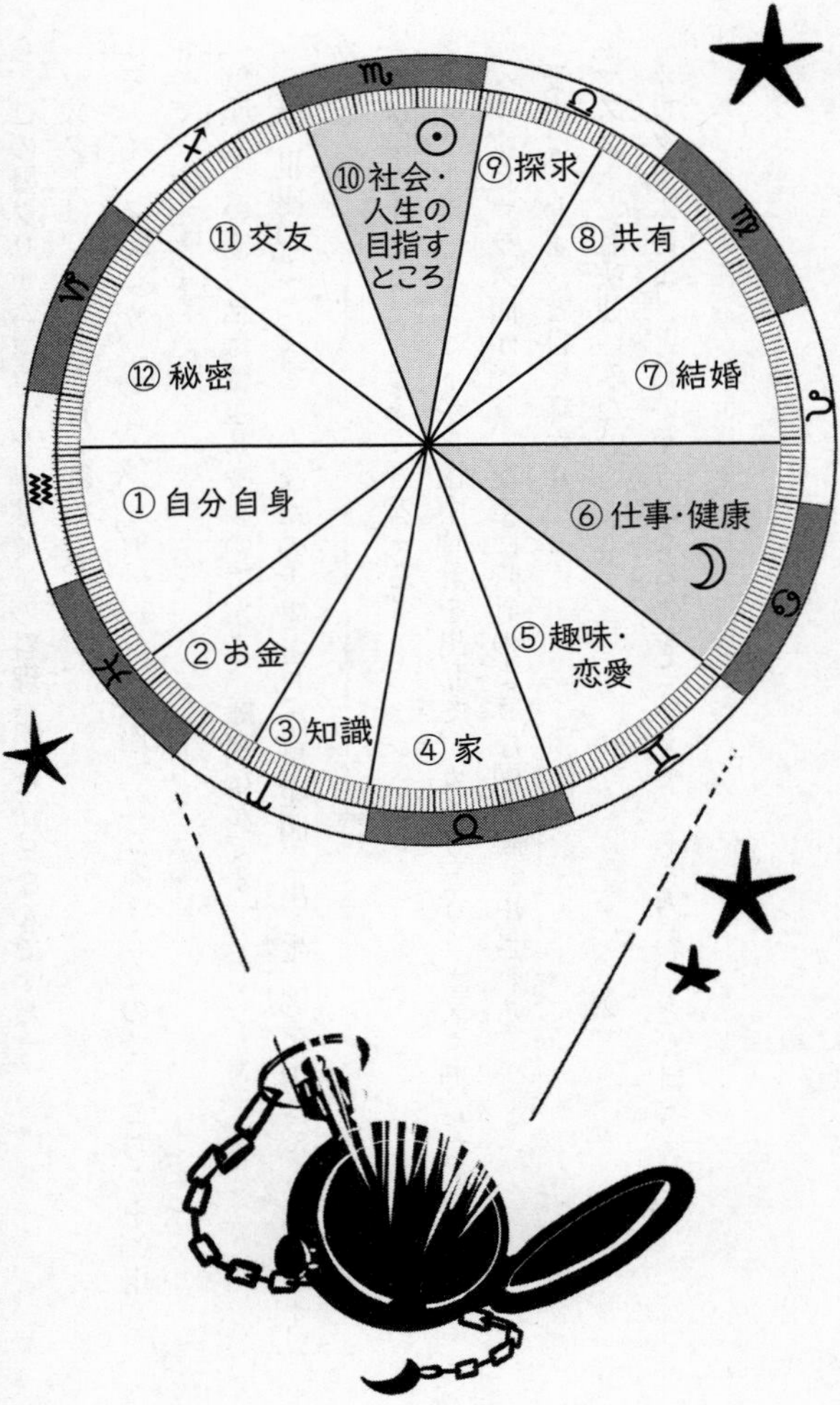

⑩社会・人生の目指すところ
⑨探求
⑧共有
⑦結婚
⑥仕事・健康
⑤趣味・恋愛
④家
③知識
②お金
①自分自身
⑫秘密
⑪交友

夜空に映し出された図は、西洋占星術のホロスコープだった。

円は十二分割されていて、①～⑫とナンバリングされている。

見ると、月は『⑥』、太陽は『⑩』と書かれたスペースに入っている。

「あなたの太陽は、第十室《ハウス》に入っていますね。図にも書いていますが、出生図の頂点である十室は『社会・人生の目指すところ』です。ここに太陽が入っている方は、強い仕事運と、ご自身が思う成功を目指して野心的に取り組んでいけると暗示されています。また、星座が蠍座なので、勉強を怠らず強いこだわりを持ってお仕事をされている……」

私は、呆然と相槌をうつ。

「また、太陽は女性にとって、男性を意味するので、父親を強く尊敬していたり、また結婚相手も尊敬できる人であってほしいという思いが強くあるかもしれません」

身に覚えがあり、私の喉がごくりと鳴った。

今は定年退職しているが、私の父は教師だった。

私はそんな父を心から尊敬していた。

「そして月は第六室に入っていますね。六室は『仕事』を示す部屋。出生図から読み解くと、あなたは日々忙しく仕事をしている方が、むしろ安心する傾向にあるようです。十室に太陽、六室に月と、これだけ見ると根っからの仕事人間のようです」

うんうん、と私は無意識に相槌をうっていた。

「ですが、月星座が蟹座です。あなたは、もうひとつ安心できる場所を必要としているようですね」

月がある円の外側に、蟹座を示す『♋』のマークが見える。

「『月星座』っていうのは、普通の星座とは違うんですか？」

マスターは、はい、と頷いた。

「あなたが言う『普通の星座』とは、太陽星座のことです。太陽星座はあなたの看板です。月は内側、本質であり本能であり、素の部分です。そんな月が『蟹座』にある。あなたは、蟹座の環境にいることで心からホッとできるんですよ」

蟹座のような環境って、どういうことだろう、とマスターを見る。

「蟹座の環境って？」

「それはですね……」

とマスターは、蟹座について説明をしてくれた。

それまでの言葉は、どれも当て嵌まっていたというのに、蟹座についての話だけは、どうもピンとこない。

はぁ、と気の抜けた声が、私の口から洩れた。

すると愛由が、マスターに向かって前のめりになる。

「ねぇ、猫さん、聞いて。愛由はね、射手座なんだよ。十二月二十日生まれ。もうすぐなの」

マスターはとっくに知っていたかのように、そうですね、と微笑む。

「お嬢さんは月星座も射手座ですね。そんなお嬢さんのためにデザートは、射手座のスイーツを用意しようと思っていましたよ。そしてそれは、月星座が蟹座のあなたの癒しにもなるかもしれません。どうか、本当の願いに気付ける夜になりますように」

マスターはぺこりと頭を下げて、テーブルを離れる。

「『本当の願い』って……？」

なんのことだろう？

私が眉間に皺を寄せていると、愛由が目をキラキラさせて前のめりになった。

「サトちゃん、コロッケもすごく美味しいよ」

「あっ、うん」

惑星のようにコロンと丸いコロッケにフォークを刺して、チーズにつける。

食べてみるとコロッケのクリーミーさと、チーズが重なり合うことで、互いの旨味を引き立て合っている。

私と愛由は、美味しいね、美味しいね、と何度も言い合う。

食べ終えた頃、デザートが届いた。

「星屑の砂糖をたっぷりかけた『射手座のりんご飴』です。射手座の矢で射抜いたりんごを『りんご飴』にしました」

それは、その名の通り、りんご飴のてっぺんに矢が刺さっていた。

飴でコーティングされたりんごは艶やかに光っている。上部にはまるで金粉のような粉砂糖がまぶされていた。

矢は実はナイフで、そのまま切って食べることができるようだ。てっぺんは、くり抜かれていて芯はなく、そこに温かい蜂蜜が入っている。

そのため、思った以上に簡単に切ることができた。

切ってみると、りんごの実が二層になっているのが分かる。

皮に近い方は冷たくシャキッとしていて、内側の実は、コンポートになっている。

そのどちらも、外側のパリッとした飴と粉砂糖との相性がとても合っていた。

中央に入っている温かい蜂蜜がとろりと溢《あふ》れて、りんごの実とからみあうと、まさに口の中がとろけるほどであり、私は思わず拳を握り締めた。

「美味しいねぇ、愛由の知ってるお祭りのりんご飴と違う」

嚙《か》みしめるように言う愛由に、私も強く同意した。

「サト姉ちゃんの知ってるりんご飴とも違う」

「それじゃあ、これはりんご飴じゃないの？」

「ううん、りんご飴だよ。同じりんご飴でも、お店が工夫すると、こんなに変わるんだね」

「すごいねぇ」

「うん、こんな贅沢《ぜいたく》なりんご飴は、初めて」

私たちはデザートまでしっかり堪能《たんのう》して、とても楽しい時間を過ごし、気が付くと、広場を後にしていた。

4

「夢でも見てたみたい……」

ガーデンプレイスを出て、私はぼんやりと思いながら熱い息を吐き出す。

本当に夢だったかのように、食べ終わって立ち上がった時には、まるで波が押し寄せるように広場は人で溢れていた。

お会計をしようとトレーラーに向かおうとするも、いつの間にかなくなってしまっていたのだ。

この場合、どうしたら良いのだろう？

私たちが食い逃げしたことになってしまうのだろうか？

いや、店の方がなくなってしまったのだから、食い逃げではない。

そんなことを思い、首を捻っていると、愛由が私の手を引いた。

「サトちゃん、コンビニだ」

私は我に返って、うん、と頷く。

コンビニに寄ろうと話していたのだ。

「それじゃあ、買い物しようか」

「うん、愛由、コンビニ大好き」

私たちはそのまま店内に入り、明日食べるパンや、帰ってから食べられるようにとあれこれお菓子を買い込んだ。

「うちではね、夜にね、お菓子を食べたら怒られるんだよ」

愛由は、店を出るなり不安そうに言う。

私はふふっと笑って口の前に人差し指を立てた。

「今夜だけは特別ね。そのかわり歯磨きはしっかりしようね」

「うん、特別だね!」

愛由は、元気に頷く。

駅から徒歩圏内に私の住むマンションがある。

といっても、１ＤＫという小さな部屋だ。

「わぁ、きれい」

愛由は部屋に入るなり、両手を広げて言った。

綺麗なのは、愛由が来るので掃除をがんばったのもあるけれど、都会生活に憧れてきた私は洗練された部屋作りにもこだわっていた。

「愛由は今日、あそこで寝るんだよ」

そう言って私は、ロフトを指差す。

「わぁ、すごい。でもサトちゃんは？」

「私は下で寝るから大丈夫。それより愛由、乾杯しようか。二次会だ」

「うん、にじかいだ」

愛由は、袋から買い込んだお菓子を取り出して、テーブルに並べる。

愛由が買ったのは、葡萄ジュース。私はビールだ。

「かんぱ〜い」

ビールとジュースで乾杯をした。

「愛由は、葡萄ジュース好きなの？」

「さっきのお店のジュースが美味しかったから、もっと飲みたくなったの。でも、ミックスはなかった」

「そりゃ、あんなドリンクは、なかなか売ってないよ」

愛由は、そうだね、と頷いて、へへっと笑う。

「あのお姉さんの髪の色もレモンみたいだったね」

「うん。太陽の光みたいな綺麗な金髪だったね。そして黒髪のお姉さんの目の色は、綺麗な葡萄色だったね」

まるで、あのミックスジュースは二人をイメージしたようだ。

「レモン色の髪のお姉さんは元気いっぱいで、黒髪のお姉さん、恥ずかしがり屋さんだったね」

「恥ずかしがり屋だった？」

私から見たら、とてもクールな印象だ。

「うん、とっても恥ずかしがり屋さんだった」

そういえば、義姉が言っていた。

愛由はとても敏感な子だと。

もし、愛由の言っていることが当たっているとするなら、彼女が無表情で抑揚がない喋《しゃべ》り方をしていたのは素っ気なかったのではなく、すべて照れからのものだったということだ。

そう思うと、可愛い、と頬が緩む。

「愛由は、いつでもそうやって分かるの？」

「そうやってって？」

よく分からないようで、愛由はきょとんとした顔をしている。

「ま、いいか。ねぇ、愛由の最近の出来事を教えてよ。学校はどう？　幼稚園とは違うでしょう」

「全然、違うよ。小学生はお姉さんだからね」

愛由は鼻息荒くそう言って、胸を張る。

「卒園の時は、ずっと幼稚園がいいって泣いてたくせに」

「あれは、昔の話だもん」

口を尖らせる愛由に、「昔なんだ」と私は噴き出した。

その後、愛由はとても楽しそうに近況を報告してくれた。

「それでね、その時、愛由がね……」

話を続けながら、さすがに疲れたのか、愛由は何度も目を擦《こす》りはじめる。

「愛由、歯磨きしてもう寝ようか」

「……うん」

愛由は、目を擦りながら歯を磨く。

お風呂はどうしよう。

こんなに眠そうだし、朝でいいかな。

そう思いながら、愛由をロフトで寝かせる。

私は下に降りて、とりあえずメールだけでも確認しようとノートパソコンを開き、仕事を始めた。

ややあって、上からうめき声のようなものが聞こえてきた。

私はギョッとして、はしごを上る。

「愛由、どうかした？」

驚いて声をかけると、

「……うっ……ううっ」

と、愛由が枕に顔を押し付けて泣いていた。

私はオロオロしながら、愛由の傍に寄り、背中を摩る。

「愛由、どこか痛いの？ 大丈夫？」

愛由は、痛くない、と首を振り、

「ママ……ッ」

顔を伏せたまま、絞り出すような声を出した。

「……愛由」

しっかり者に見えても、まだまだ小さな女の子。

夜になって心細くなり、母親に会いたくなったのだろう。

「大丈夫、ママは明日、迎えに来てくれるから」

私はそう言って、愛由の隣に横になった。

「サトちゃん……」

私の胸に寄りそう小さな頭。

なんて愛らしいんだろう、とその頭を撫でる。

とても楽しいお泊り会だったけど、やはりお母さんがいいのだろう。

そういえば、自分が子どもの頃もそうだった。

近所の友達の家に一人で泊まりに行って、夜中になって泣いてしまい、両親が迎えに来たことがあった。

あの時は、父ではなく、母に泣きながらしがみついたのだ。

私の母は専業主婦だった。

母がいつも家にいてくれるのは嬉しかったけれど、まったく自由がないように見えていた。

父のご機嫌を取る母の姿を見ては、自分は自立した女性になりたいと思っていた。

そんな頃だ。兄が二十五歳になった年に、大学時代から交際していた同い年の純子さんと結婚したのは……。

二人は若い夫婦で、義姉は兄と同じように働いていた。

夫婦関係は対等で、互いを尊敬しあっている。

そんな兄夫婦の姿はとても輝いて見えた。

二人の姿は私の憧れとなり、あんな夫婦になりたいと思っていた。

だが、夫婦に子どもがなかなか授からず、義姉はとてもつらい思いをしていた。

随分と長い間、治療をしていたようだ。

結局、努力の甲斐あって愛由を授かったのだけど、私から見ると、すべてが大変そうだった。

そうして義姉は、出産後、専業主婦になったのだ。

愛由は今でこそ天真爛漫《てんしんらんまん》で聞き分けの良い子だけれど、乳児の頃は常に泣いている大変な子だった。

そんな様子を見て私には到底無理だと感じていたし、仕事を捨てて子どもとの時間を選んだ義姉を正直、理解できなかった。

けれど、今、なんとなく義姉の気持ちが分かった気がした。

愛由にとって、母親が世界で一番の存在なのだ。

その一番でいてもらえる期間、一分一秒、惜しいと感じるくらい、一緒に過ごしたかったのだろう。

それは義姉にとって積み重ねたキャリアを捨てても構わないくらいだったのだ。

私は、その小さな身体を抱き寄せながら、そっと目を瞑る。

愛由の寝息を聞きながら、私はぽつりとつぶやいた。

「ちょっとだけ、お義姉ちゃんが羨《うらや》ましい」

脳裏に、『満月珈琲店』のマスターの言葉が過っていた。

5

そうして、翌日。

私は愛由を連れて、再び秋葉原駅に向かった。

「愛由、サトちゃん！」

義姉は、すでに秋葉原駅改札前で待っていた。

きっと、約束の時間よりも、早くに着いていたのだろう。

「ママッ！」

愛由は、母親の姿を見るなり、飛び付いていく。

「愛由、楽しかった？」

「うん、スカイツリーに行ってね、原宿にも行ってね、そして夜はお城の前でチーズフォンデュを食べたんだよ」

愛由はマシンガンのように報告を始める。

義姉は、うんうん、と相槌をうち、私の方を向いた。

「サトちゃん、本当にありがとうね」

私は、ううん、と首を振る。

「私も楽しかったから」

「でも、一日でも大変だったよね。本当にありがとう。それじゃあ、愛由、サトちゃんにちゃんとお礼を言おうか」

義姉はしゃがみこんで、愛由の目を見ながらそう伝える。

愛由は、うん、と頷き、私の方を向いて深く頭を下げた。

「サトちゃん、本当にありがとうございました」

「こちらこそ、ありがとうございました」

と、私は頭を下げ返す。

「それじゃあ、行こうか」

「うん、サトちゃん、またね」

愛由は、満面の笑みで手を振り、義姉と共に歩き出す。

「またね、愛由」

私も笑顔で手を振りながら、胸に形容しがたい感情が押し寄せる。

それは、あの子を親元にちゃんと返すことが出来て良かったという安堵感と、小さな子どもの世話を終えた解放感。

でも、何より、大きく胸を占めるのは、とてつもない『喪失感』だった。

——どうしよう、泣きそうだ。

二つに結った愛由の髪が揺れている。

遠ざかる小さな背中。

見送りながら、鼻がツンと痺れてくる。

私の視線を感じたのか、振り返って『バイバイ』と大きく手を振る愛由に、息苦しいほどの寂しさを抱きながら、私も大きく手を振り返した。

泣くわけにはいかない。

ここで私が泣くなんて、わけが分からない。

ただ姪が一晩泊まりに来て、今帰るだけ。

それだけなのだ。

それでも、愛由と義姉の姿が見えなくなるなり、何かが決壊したかのように、私の目からボロボロと涙が零《こぼ》れた。

どうして、こんなに泣けるのか分からない。

ただ、熱い涙が流れた。

「……」

この時はじめて気が付いた。

——どうか、本当の願いに気付ける夜になりますように。

昨夜、マスターが蟹座について説明してくれた時の言葉を思い出した。

蟹座は、『家庭や家族』を暗示しているそうだ。

第十室に太陽、第六室に月がある私は、仕事をしていることが性に合っている。

その一方で、月が蟹座にあるので、『家庭や家族』を求める、と——。

聞いた時は、ピンと来なかった。

そういえば、時々無性に実家に帰りたくなるのは、そういうことなのかな、と思う程度だった。

いや、違う。

それは、ポーズだったのだ。

本当は心当たりがあって、ぎくりとしたのだ。

それだけに自分を誤魔化して、素知らぬ顔をしてしまった。

私は、もうずっと、一人で仕事をがんばることに限界を感じていたのだ。

仕事は好きだけど、すぐにガス欠のような状態になっていた。

その度に温かい彼との時間を求め、実家にも遊びに行きたくなっていた。

それなのに、結婚の二文字が頭を掠《かす》めるたびに、振り払っていた。

母や義姉を見ていて、家庭か仕事か、どちらかを選ばなくてはならないと思い込んでいたのだ。

それならば、仕事を選ぼうとしていた。

仕事が好きで、ようやくつかみ取った夢だったからだ。

だけど、捨てられない『願い』もあった。

心の奥底で『自分の家族』が欲しいと思っていたのだ。

満月珈琲店のマスターに出会って、自分でも気付けなかった胸の内にようやく気付いた。

抱いていた激しい憧れをいつしか私は『呪い』に変えてしまっていたんだ。

『あんなに憧れた生活だから幸せなんだ』という呪縛《じゅばく》。

そしてもう一つ、勝手な呪いも自分の中に育てていた。

『仕事と家庭、どちらかを選ばなくてはならない。両方望むのは贅沢な話だ』と——。

それは、本心すら見えなくなる呪い。

愛由と過ごした特別な夜は、私のそんな呪いを解いてくれたのかもしれない。

「自分で、自分の本心に気付かないなんてね……」

小声でつぶやいて涙を拭《ぬぐ》っていると、スマホがピコンと音を立てた。

確認すると、彼からのメッセージだった。

『聡美、イブの件だけど、どうかな？　どんなに遅くなってもいいんだけど』

あっ、と私は口に手を当てる。

そうだ。彼に返信をしないままだった。

私はそっと口角を上げて、返事を打ち込む。

『返事が遅くなってごめんね。イブ、なるべく早くに仕事を切り上げるから、一緒に過ごそう』

私も彼と特別な日を一緒に過ごしたい。

彼から『ありがとう』のスタンプが届く。

なんだか、また泣きそうだ。

仕事が好きなのも、東京が好きなのも変わらない。

彼のために、今までがんばってきたすべてを捨てようなんて思わない。

けれど、彼と家族になりたい。

そのためにお互いどうしたら良いのか、話し合うことだってできるのだ。

今後どうなるかはわからない。

でも、逃げないで向き合おう。

私には、仕事も家庭も必要なんだ。

あの時のりんご飴のように贅沢なようだけど、仕方がない。

私は、そんな星の下に生まれたのだから——。

とりあえず……、

「素敵なクリスマスイブを過ごせるように、がんばろう」

私はグッと涙を拭って、まるですべてが洗い流されたような気分で歩き出した。

第二章　新月のモンブランと奇跡の夜

1

八歳のクリスマスに交通事故で父を亡くした。

十六歳のクリスマスに新しい父が来て、十八歳のクリスマスには、弟がいた。

なんとなく家に居づらくなった私は、専門学校に進学と同時に一人暮らしを始め、気が付くと二十二歳。社会人となった今に至っている。

そんな私にとってクリスマスは……大嫌いな日だった。


「大丈夫ですよ。商店街には私が顔を出しますから」

私——鈴宮小雪は、派遣先のリーダー・市原聡美に向かって、満面の笑みを見せる。

彼女はすまなそうに、眉を下げた。

「本当にいいの？」

「はい、市原さんは、早く帰っちゃってください。今夜は彼氏さんと約束しているんですよね？」

そう続けるも、彼女は今も同じ表情をしたままだ。

私は、そんな彼女に向かって、きりっとした面持ちを向ける。

「仕事はもちろん大事です。でも、プライベートだって同じくらい大事だと私は思います」

「そう言う鈴宮ちゃんだって、今日はクリスマスイブでしょう？　特別な日じゃないの？」

「もちろんです！　ただ、今日は深夜まで予定はないんですよ」

「深夜に彼と約束しているの？」

「いえ、彼氏はいませんので」

「それじゃあ、深夜に何が？」

「今夜零時きっかりに、好きなアイドルのクリスマスライブが生中継されるんですよ。私はもう、それを楽しみに生きていました。それまではうんと時間もありますし、残業代を稼げるのは、派遣社員としてありがたいです」

拳を握って明るく言うと、彼女はホッとした様子で頬を緩ませる。

「それじゃあ、お言葉に甘えて、今日はお任せしてもいい？」

私は、はいっ、と胸を張った。

「……クリスマスイブに定時で帰るなんて、入社以来初めてかも」

自分でも信じられない、と彼女は胸に手を当てる。

私は小さく笑って同意した。

「こういうイベント屋さんにとっては、忙しい日ですもんね」

他人事のように言ってしまうのは、自分はあくまで余所者《よそもの》だからだ。

ごく平均的な偏差値しかなかった私は、無難な大学に進学するより、ビジネス関係の専門学校に行って技術を身に着けようと考えた。

だが、専門学校を修了しても就職活動に難航してしまい、結局は派遣社員をしながら、正社員になれるチャンスを狙うことにしたのだ。

そうして、二年。

専門的な技術や資格を持っているので、それなりのことができる。そのため派遣先には困らない。しかし、既に数社を渡り歩いているけれど、どこの企業も私を正社員として拾い上げてはくれなかった。

最近は、正社員になるなど、手の届かない夢のように感じている。

そんな私が今、派遣されているのは、広告代理店のイベントなどを手掛ける部署だ。

イベントと言うと、メディアで扱われるような華やかな仕事を連想したけれど、この部署は、そんな大きな案件は取り扱っていない。

最近、手掛けているのは、市町村や町内会のイベントが多い。

『町でこんな企画をしたいと思っているのですが、どうやったら良いでしょうか？』

といった相談を受けて、その手伝いを請け負う。

そうして、携わったイベントのチラシを作成したりと、広告の仕事へと結び付けるのだ。

仕事を始める際は、依頼者と顔を合わせて打ち合わせをするけれど、その後は主にデスクワークだ。

けれど、やはりイベント当日は現場に顔を出して、挨拶をすることが多い。

ネットが普及しているこの現代においては、いささか時代遅れかもしれない。

だが、それだけに実際に顔を合わせて話すというのは、大きなインパクトを残す。

そうして、『次』につなげていく。

――と、リーダーである市原さんがいつも言っていた。

「でも、本当に申し訳ないな。鈴宮ちゃんには、この前も私の代わりに茨城のイベントにも行ってもらったし……」

先日、我がチームは茨城県つくば市で、『年忘れ収穫祭』というイベントの手伝いをした。リーダーである彼女は当日、そこに挨拶に行く予定だったのだが、ちょっとしたトラブルがあり、手が空いていた私が代わりに向かったのだ。

「そんな、気にしないでください。私だってあのイベントを手伝ってますし」

そうね、と彼女は微笑む。

「譲渡会のアイデアは、鈴宮ちゃんが出したものだったよね」

「そうですよ。それに、今回のイベントだって、私も携わっているんですから。派遣にも良い思い出をください」

そう言うと、彼女は言葉を詰まらせた。

私の契約は、来年の三月までなのだ。

「それじゃあ、私は会場に行ってきますね」

私は、いたずらっぽく笑って、トートバッグを手に立ち上がる。

「ありがとう、よろしくね」

「はい、任せてください」

と、私は敬礼のポーズを取って、オフィスを出た。

通路に出た時、

「鈴宮さんって、いつも明るくはつらつとしてるよな」

「うん、派遣社員だけど、チームのムードメーカーだよね」

そんな声が背中に届いた。

本来ならば、喜ぶべき言葉だろう。

だが、誰もいないエレベータに乗り込んだ時には、私の顔から表情が消えていた。

〝明るくはつらつとしていて、少しおちゃらけたムードメーカー〟

私は、どこに行っても、同じように言われてきた。
それはそうだろう。私はずっと、そのように振る舞ってきた。
そんなキャラクターを演じてきたのだ。
ガラス張りのエレベータの中から、渋谷の街が見下ろせる。
師走《しわす》ということで、街は彩られている。
夜になれば、さらに煌《きら》びやかさが引き立つだろう。
一見は華やかで美しい。
だけど、よく見ると、薄汚れているのだ。
チンッ、と音が鳴り、エレベータの扉が開く。
私は意図的に口角を上げて、一階のホールに出る。
職場は渋谷駅直結という、抜群のアクセスの良さだ。
私は山手線外回りに乗って、ふぅ、と息をついた。

2

電車に乗ること、約三十分。
訪れたのは、日暮里の谷中《やなか》銀座商店街だった。

メイン通りを歩くと、公式キャラクターである可愛い黒猫の姿が、あちこちに見える。大きなツリーも飾られていて、たくさんの子どもたちが、愉しげな様子を見せていた。

「わざわざ、ありがとうございます。おかげで、良いイベントになりました」

そう言ったのは、企画を提案してきた組合の責任者。

彼は初老の男性だった。

サンタ帽をかぶっていて、私を前に嬉しそうに頭を下げる。

「いえいえ、こちらこそ。素敵なイベントになったようで嬉しいです」

私はぺこぺこと頭を下げた後、今一度、通りを眺めた。

『商店街deクリスマス』という横断幕が掲げられている。

地元の人が集まり、皆、サンタ帽をかぶって明るい笑顔を見せている。

子どもの姿が特に多い。

このクリスマス、様々な事情で親と一緒に過ごせない子どもも多い。

そんな子どもたちに少しでも楽しい想いを届けたいということで、近隣の小学校の協力なども仰ぎ、この商店街でクリスマス会をするという企画に至った。

「子どもたちの笑顔が、このイベントの素晴らしさを物語っていますよね」

責任者の男性は、照れたように笑う。

「うちの商店街は、もともと観光客を頼っていたわけじゃないんです。とはいえ、今の時代、全国どこの商店街も厳しいでしょう?」

　ええ、と私は苦い表情で頷く。

　シャッター商店街など、珍しい光景ではなくなっている。

　もしかしたら、今や、賑やかで活気のある商店街の方が珍しく感じられてしまう時代なのかもしれない。

「何より大事なのは、他所の人よりも地元の人なんだ。地元に根付いて、助け合って、地元の人に愛される商店街じゃないと駄目なんだって思ったんですよ。観光客はもちろんありがたいけれど、観光客に月に一度来てもらうよりも、地元の人たちに週三で来てもらえる、そんな場所を目指したいって」

　そうですよね、と私は相槌をうつ。

「そうそう、あなたがここに来る前、市原さんからメールがあったよ」

「あ、市原は、ここに顔を出せないことを本当に気にしていまして」

　私ですみません、という気持ちで慌てて言うと、彼は優しく微笑んだ。

「市原さんのメールには、『クリスマスイブ、親と一緒に過ごせない子どもたちに楽しい想いをさせるような企画はどうだろう』と提案したのは、他の誰でもなく、あなただという話を教えてくれましたよ」

　私は、思わず肩をすくめる。

「提案というほどのものでは……」

ぽろっ、と口をついて出た言葉を、市原さんが拾ってくれただけのことだ。

「いやいや、本当に良かったですよ。私たちが思っている以上に、クリスマスイブに、親と過ごせない子どもたちは多かったんです。夫婦が共働きだったり、一人親家庭だったり……、各々に様々な事情がある。子どもは地域の宝です。できるなら、地域で育ててあげたい。けれどそれはやはり簡単なことではない。せめて特別な日に楽しい思い出作りを手伝ってあげられたらと思いました」

『子どもディナー券』を利用して商店街で好きなものを食べて、その後は縁日で遊び、映画上映会もする。

私のちょっとしたつぶやきが、多くの人の知恵と協力により、子どもたちの笑いに溢れたイベントになっている。

「鈴宮さん、ありがとうございました」

頭を下げられて、私の目頭が熱くなった。

それを誤魔化すように私も深く頭を下げ返す。

「こちらこそです。本当にありがとうございました。私も微力ですが、手伝わせてください」

私は、腕まくりをする素振《そぶ》りをして言う。

こうして自分たちが手伝った企画の会場に顔を出し、そのままイベントが終わるまで手伝いをする。

頼まれたわけでも強制されたわけでもないが、そうするのがベストだとチームの皆の姿を見て教わっていた。

だが、彼は、いえいえ、と首を振る。

「手は十分に足りているから、大丈夫ですよ」

「えっ、でも……」

「今日は、特別な日ですし、鈴宮さんも大切な人と過ごしてください」

笑顔でそう言われて、私は何も言えず、ただ曖昧《あいまい》な笑みを返す。

「そうだ。良かったら商店街のクリスマスケーキ、持って帰りませんか？」

私は、ありがとうございます、と答えた後、申し訳なさそうに首を振った。

「ですが、一人暮らしなので、食べきれないんですよ」

そうかい？　と、彼は少し残念そうに、肩をすくめる。

本当ならば遠慮なく受け取る方が、好感が持たれただろう。

いつもの自分なら食べきれないのを承知で、『わあ、嬉しいです』と受け取っていたに違いない。

けれど、『大切な人と過ごしてください』と言われたことで、つい、そんな返答をしてしまった。

私は空気を変えようと、すぐに笑顔を作る。

「あらためて本当にありがとうございました。今度はプライベートでもこの商店街にきますね」

「はい。ぜひ、お待ちしていますよ」

私は今一度、頭を下げて、歩き出した。

通りを歩きながら、再び目に着いた猫のキャラクターに頬が緩んだ。

商店街を出て、駅に向かって少し歩くと、階段に差し掛かった。

登り口に『夕やけだんだん』という看板が付いている。

「ああ、これが、『夕やけだんだん』……」

来た時には気が付かなかった。

小さくつぶやいて、私は階段を上る。

背中に熱を感じ、階段の途中で足を止めて振り返った。

ちょうど、夕暮れ時だ。

石段は夕陽に照らされて、オレンジ色に染まっていた。

階段の向こうに、商店街の入口が見える。

そこから、微かに子どもたちの笑い声が届く。

それは、都会のイルミネーションには決して出せない美しさだ。

昭和レトロを思わせるこの光景が今の時代にまでしっかりと息づき、こうして温かさを伝えている。

まるで、奇跡を目《ま》の当たりにしたようだ。また涙が出そうになって、私はそっと指先で目頭を押さえた。

その時、ハーフコートのポケットの中に入っていたスマホがブルルと振動した。

確認すると、母からのメッセージだった。

『メリークリスマス、小雪。聖《せい》にクリスマスプレゼントを贈ってくれてありがとう。イブは忙しいって言っていたけど、クリスマスの明日は帰って来られない？　聖もお姉ちゃんに会いたいって言ってるよ』

まだ、五歳に満たない弟の写真も送られていた。サンタ帽をかぶり、私が贈った電車のおもちゃを手に、屈託なく笑っている。

私たち姉弟は、揃って十二月に生まれている。

私が十二月十八日、弟が二十三日。

それで私の名前が『小雪』で弟の名前は『聖』だ。

おかげで弟へのプレゼントを誕生日とクリスマス、一緒にできるのはありがたい。

私は、階段の端に寄って、手早く返事を書く。

『わぁ、聖、喜んでくれて良かった。サンタ帽かぶってる聖ってば、めっちゃ可愛いね。帰りたいけど、仕事がバタバタで難しいかも。良いクリスマスを』

いつものように明るく元気で、そして『異父弟が大好きな姉』を装った文章を綴り、最後に、『メリークリスマス』と加えて、メッセージを送った。

ふぅ、と息をついて、再び階段を上り始める。

クリスマスソングが流れている。

カップルや家族連れの人たちが、幸せそうに通りを行き交っていく。

急に心に風が吹いたような寂しさが襲った。

思わず下唇を嚙むと、乾燥してカサついた唇の表面が歯に触れて、ほんの少しの痛みを感じた。

もう、と舌打ちした。

今さらなんだというのだろう。

ずっと寂しさから、遠ざかっていたというのに……。

こんな風に敏感になっているのは、商店街の優しさに触れたせいなのかもしれない。

いつもは寂しさを埋めてくれる友人も、彼氏や家族と過ごしている。

私は彼氏もいないし、帰る実家もない。

正確に言えばあるのだが、実家は母と新しい父、そして二人の間に生まれた弟の家であって、私の家ではない。

職場もどこかに定まることができず、私はまるで、渡り鳥だ。

階段を上りきり、再び息をつく。

その時だ。

「どうぞ。今、クリスマスイベントをやっています」

にこやかな声が耳に届いて、商店街のことだろうか、と私は顔を向ける。

彼らの姿を目にするなり、私は驚いた。

とても華やかな外国人の男の子が二人、流暢《りゅうちょう》な日本語でビラを配っていた。

一人は、表が金に内側がピンク色という派手な髪色、もう一人は、銀髪の中性的な少年で無表情に、「どうぞ」と同じようにビラを差し出している。

二人は、揃ってとても端麗《たんれい》な容姿をしている。

それなのに通りをゆく人たちは、まるで彼らが目に入っていないかのように通り過ぎていく。

もしかして、モデル事務所のスカウトなのだろうか？

不思議に思ってちらちらと観察する。

皆が素通りしていく中、三十代半ばのスーツを着た男性が受け取っていた。

「クリスマスに芸術に触れてみませんか？」

そんな言葉が耳に届いて、納得した。

絵画販売のビラを配っているのだろう。

それならば、興味ない人は無視をするだろうし、なんなら高額な絵を売りつけられては困ると、目を合わせないようにするに違いない。

うんうん、と頷いていると、金髪ピンクの男の子の顔が目の前にあった。

私はギョッとして、目を見開いた。

「お嬢さん、良かったら」

彼は、ニッと八重歯を見せて、ビラを差し出す。

『朝倉彫塑館《あさくらちょうそかん》 ～クリスマス・イルミネーション開催中～』

そう書かれていた。

「『朝倉彫塑館』って……」

たしか、台東区が管理している美術館だ。

「ここから歩いてすぐなので、ぜひ」

派手な外国人の男の子は、ビラに書いてある簡単な地図を指して言う。

ちゃんとした美術館なら、あやしいこともないだろう。

このまま帰りたくない気持ちだったから、ちょうど良いかもしれない。

私はビラに目を落としたまま、なんとなく歩き出した。

『朝倉彫塑館』は彼が言っていた通り、『夕やけだんだん』から徒歩数分先にあった。

ここは、かつて明治から昭和の時代に活躍した彫刻・彫塑家の美術館だ。

壁は黒を基調とし、曲線を使ったエントランス、和洋折衷な建物はレトロでありながら、新しさも感じさせる。

クリスマスイベント開催中ということで、庭の木々にはイルミネーションが施されている。

普段は十六時半で閉館だが、今日だけは時間を延長しているということだ。

にもかかわらず、客の姿は少ない。

正直、クリスマスのイルミネーションを楽しめるほどの電飾ではないし、知らない人の方が多いのだろう。

それで、せっかくだからと彼らがビラを配っていたわけだ。

納得していると、スーツ姿の青年が私を追い越して建物の中に入っていった。

さっきチラシを受け取っていた三十代半ばのサラリーマンだった。

どこかで見たことがある気がする、と私は目を凝らす。

どこで会ったんだろう？

考えるも思い出せず、私は息をついた。

「まぁ、いいや」

決して広くはない敷地内に入ると、端に一台のトレーラーが停まっていた。

満月のマークの看板が出ている。

どうやら、トレーラーカフェのようだ。

可愛い雰囲気だけれど、中には誰もいない。

昼間、ここでコーヒーでも売っていたのだろうか？

そんなことを思いながら、建物の中に入った。

3

この美術館は、少し珍しく靴を脱いで入る。

私は脱いだ靴をビニール袋に入れて、入館料を支払い、入館券と冊子を受け取った。

順路を進む前に、私は冊子を開いて『朝倉文夫《ふみお》』についての説明に目を落とす。

朝倉文夫という人物は、明治から昭和にかけて活躍した彫刻家であり、大分県出身。

明治四十年に東京美術学校（現・東京藝大）を卒業した後、日本の彫刻界をリードし、彫刻家として初めて文化勲章を受章したそうだ。

へぇ、と私は小さく声に出す。

順路に従って、最初の展示場に入る。

ひげを蓄えたスーツ姿の紳士が椅子に腰を掛けている大きな彫刻像を前に、私は無意識に足を止めていた。

一瞬、リンカーン大統領を思わせる佇まいだ。

この像のモデルは明治期の外交官・小《こ》村《むら》寿《じゅ》太《た》郎《ろう》という人物だそうだ。

大隈《おおくま》重信《しげのぶ》の立ち姿像も、息を呑む迫力だった。

芸術のことはよく分からないが、朝倉文夫という人は、モデルが纏うオーラのような物まで作品に込められる芸術家なのかもしれない。

当時の偉人たちのオーラに触れたような気持ちになりながら、順路を進む。

この建物は、かつては朝倉文夫のアトリエ兼住居だったそうだ。

彼の書斎があり、そこを抜けると、板張りの廊下に木の桟のガラス戸が見える。

窓の向こうは中庭となっていて、手入れの行き届いた日本庭園だ。

それまでは昭和レトロで洋風の建物だったのに、急に和風邸宅の趣に変わる。

二階に上がると、中庭が見下ろせた。

池では、大きな錦鯉が悠々と泳いでいる。

「まるで高級旅館みたい」

見事な建物と景色だ。

「住宅街に、こんな素敵なところがあったなんて知らなかった」

感心しながら見て回っていると、屋上に出られるということで、私は靴を履いて、外の階段に出る。

屋上に向かう前に、下にも展示場があるようで、とりあえずそこに行ってみようと、順路を無視して階段を下りた。

そこは、『蘭の間』という、かつては温室だった部屋だ。

天井はガラス張りの三角屋根で、壁の中央に丸い窓がある。

壁も天井も真っ白で、『蘭の間』というよりも、もはや『純白の間』だろう。

「……というより、『猫の間』かな」

この部屋に展示されている彫刻は、すべて猫だ。

眠っている猫、獲物を狙っている猫。まるで今にも寝息が聞こえたり、動き出したりしそうなほどにリアルだ。

朝倉文夫は、大の猫好きだったそうだ。

「可愛い……」

来て良かった、と胸を熱くさせながら、今度こそ屋上庭園に向かう。

なんでも、日本の屋上庭園の先駆けだそうだ。

「――っ」

屋上に出て、私は足を止め、目を大きく見開いた。

もう陽は落ちていて、空は蒼い。

屋上の植物は、電飾が施され、キラキラとイルミネーションが瞬いていた。

驚いたのは、『満月珈琲店』という置き看板があること。そこには、「クリスマスイブの特別開店」という一文が添えられている。

決して広くない庭園に、人が二人座れるカウンターセットが設けられていた。

「いらっしゃいませ」

エプロンをつけた大きな猫の着ぐるみを着たスタッフと、美しい外国人がにこやかに迎えてくれる。

黒髪の女性、金髪の女性。

その他にビラを配っていた金髪ピンクの男の子と、銀髪の少年の姿もあった。

「あっ、来てくれたんだね。マジで嬉しい」

ニッ、と八重歯を見せて、金髪ピンクの男の子がやって来て、私の肩を抱いた。

黒髪の美しい女性が、ぽつりと零した。

「ウーラノス、それって、セクハラよ……」

悪い、と彼は慌てて手を放して、

「どうぞ、カウンターへ」

と、今度は紳士的にカウンターを指し示す。

ありがとう、と私は小さく笑って、カウンター前の椅子に腰を下ろした。

即席とは思えない、なかなか立派なカウンターだ。

客は、私以外に一人だけ。

二度ほど見掛けたスーツ姿の男性だ。

彼もカウンターに座っている。

この人……、本当にどこかで見たような気がする。

なかなかの男前だし、一度見たら忘れないと思うのだけど……。

ちらっと男性の方を盗み見ていると、視線に気付いたのか目が合ってしまい、私はすぐに顔を背《そむ》けた。

「こんばんは」

話しかけられて、私はぎこちなく笑みを返す。

「久しぶりだね」

そう言われて、私は「えっ」と声を洩らした。

「俺のこと、覚えてないかな?」

私は、彼を凝視して、ごくりと喉を鳴らした。

見覚えはある。確かにどこかで見た顔だ。

これまで、派遣された先で会った人なのだろうか?

どうしよう、全然思い出せない。

誰なのか分からない以上、どんな態度を取って良いのか分からない。

焦りから、目が泳いでしまう。

「いきなり、こんなこと聞いたら困るよな。悪い」

すまなさそうに、それでも屈託ない笑みを浮かべてそう言う彼は、とても悪い人には見えなかった。

「あの……どこでお会いしましたか？」

おずおずと訊ねると、彼は大きく目を見開いたあと、プッと笑った。

「なんだ、本当に俺の顔覚えてないんだ。残念」

ごめんなさい、と私は肩をすくめる。

「いいよ、仕方ないよな。ところで、今はこの辺に住んでいるの？」

さらりと話題を変えた彼に、私は小さく首を振った。

やはり過去の私を知っているようだ。

「いえ、仕事の帰りで」

「それじゃあ、これから帰ってクリスマスパーティだ」

「いえ、一人暮らしですし、彼氏もいないので、それはないんです」

そう答えた後、こんな風に言ったなら寂しさをアピールして誘っていると思われるかもしれない、と気付く。

勘違いされたなら嫌だな、と思うも彼は急に神妙な顔つきになり、

「そっか……」

と低い声でつぶやいた。

一体どうしたんだろう？　と私は小首を傾げる。

「それじゃあ、少しの時間、ここでクリスマスパーティをしようか」

へっ、と私は目を瞬かせる。

戸惑う間もなく、彼はマスターの方を向いて、片手を上げる。

「それじゃあ、マスター。僕たちに何かお願いします」

かしこまりました、と猫のマスターは頭を下げて、屋上を離れた。

「あの、『何か』って？」

「ああ、この『満月珈琲店』は、オーダーを受け付けないらしい」

「えっ？」

「マスターが、客にピッタリだと思うものを出すって」

「でもそれじゃあ、好みが違っていたり、アレルギーとかあったら、どうするんでしょう？」

真顔で言った私に彼は、本当だな、と笑う。

「その時は、『これじゃない』って言えばいいんじゃないか？」

「私、そういうこと言えなさそう……」

「そうなんだ？」

「はい。人の顔色ばかり見て、良い人ぶっちゃうんですよね……」

顔見知りかもしれないとはいえ、知らない人に何を言ってるんだろう、と私は苦笑する。

だけど、普段関わりのない人だから話せると言うのもあるのかもしれない。

目を伏せていると、スタッフの一人が軽い足取りでやってきた。

金髪碧眼で、ハリウッド女優のように美しく、どこか無邪気な雰囲気の若い女性だ。

「あらためて、いらっしゃいませ。私はヴィーナス。みんなは私を『ヴィー』と呼びます。今日は厨房が下にあるから、来るまで時間がかかってしまうんです。ごめんなさいね」

そう言って私たちの前に、水が入ったグラスを置いた。

ふと、私は敷地内にあった車を思い出す。

「もしかして、下のトレーラーがそうですか？」

彼女は、そうなんです、と頷いて、愉しげに人差し指を立てた。

「来るまで、お喋りしていただけませんか？　ぜひ、訊《き》きたいことがあるんです」

「はい、あなたは、ご自分の『本当の願いごと』を知ってますか？」

ヴィーナスの唐突《とうとつ》な質問に、私はぽかんとする。

「私にですか？」

「私自身の、本当の願いごと、ですか？」

そう、と彼女は強く首を縦に振る。

「この前、マスターが、これからの時代は、『自分の本当の願いごとを知ることが大事』って言っていたんですよ。本当の願いごとを『知る』だなんて、わざわざ知る必要なんてあります？　そんなの、みんな当たり前に知ってることだと思いません？」

流暢な日本語でぺらぺらと話す彼女に、はあ、と私は相槌をうつ。

「そしたら、ルナ——あそこにいる黒髪の女性が、『知っているようでいて、自分の中の奥底に隠してしまって、分からなくなっている人が多いものよ』って言ったんですよ。どう思います？」

そう問われて、私は思わず腕を組んだ。

言われてみれば、私の『本当の願いごと』ってなんだろう？

真っ先に浮かぶのは、これだ。

「私はやっぱり、『宝くじが当たりますように』かな？」

そう答えると隣に座る男性が、ぷっ、と噴き出し、ヴィーナスは怪訝そうに眉根を寄せた。

「どうして、『宝くじ』なんですか？」

「えっ、それはもう、やっぱり、お金があればなんでもできますし」

「それじゃあ、『なんでもできるだけのお金』があったら、何をしたいんですか？」

「ええと、旅行にショッピングと豪遊して、マンションも買って、仕事も辞めます」

そこまで言って私は、あはは、と笑う。

ヴィーナスは真面目な表情で、私の顔を覗《のぞ》き込んだ。

「それが、あなたの『本当の願いごと』？」

彼女の瞳は、まるで猫のように美しい碧眼だ。瞳の中に金色が混じっている。

ジッ、と見詰められて、思わず目をそらしてしまった。

「なんだか、その『願いごと』は上滑りしていて本心じゃないみたい。やっぱりマスターやルナの言う通りなのかも……」

ヴィーナスは、ぶつぶつとつぶやいて、少し申し訳なさそうに私を見る。

「ごめんなさい。そのお願いごとは、きっと叶《かな》わないと思います」

私は顔を引きつらせながら、身を縮ませた。

「ええと、はい。分かってますよ。宝くじなんて、当たるわけがないですし」

彼女は、違います、と首を振った。

「『本当の願いごと』だったなら、『叶う力』を持っているんですよ。でも、自分の想いとは、ちょっとズレている願いごとなら叶わないんです」

はい？　と、私は首を傾げる。

「でも、私、宝くじに当たりたいって、本気で思ってますよ」

当たるわけがないとは思っているけれど、もちろん当たりたいに決まっている。

ヴィーナスは、うーん、と唸って腕を組んだ。

「『宝くじに当たりたい』というのは、つまりは『お金が欲しい』ってことですよね？」

そのもの、ずばり言われて、私は苦笑しながら、はい、と頷く。

するとヴィーナスはポケットから、ダイヤのトランプカードを出した。

「『お金』というのは、実は『経験と引き換えができるチケット』なんです」

そう言って、カードをくるりとひっくり返すと、青年が旅に出ているような絵柄が載っている。

「たとえば、『旅をする経験』『美味しいものを食する経験』『家を買う経験』――お金はそういう経験の引き換えのチケットなんです」

ヴィーナスは、カードをテーブルの上に置いて、再び私を見た。

「宇宙の星々は、いつだって『経験したい』という人を応援したいと思っています。だから、本当は『あなたはどんなことを経験するチケットが欲しいですか？』と、お金という名の『経験チケット』を渡す準備もしているんですよ。それなのに、『いやいや、とりあえず、チケットをください。なんでもいいからください』と言われてしまっては、『そう言われても』って戸惑ってしまうでしょう？　渡したくても渡せない。『宝くじに当たりたい』という考えは、そういうことなんです」

ようやく彼女の伝えたかったことを理解できた。

「たしかに、言われてみれば、『とりあえず、お金さえあればいい』という考えから、『宝くじに当たりたい』と思っていました」

「もちろん、世の中には、『宝くじに当たるという経験をしてみたい』という人もいるでしょう。そう言う人にとっては『本当の願い』になるから叶う力を持ちます。でも、あなたが言う『宝くじに当たりたい』というのは、本当の願いではなく、自分に向き合うことからの逃避だと思います」

「逃避！」

そこまで言いますか、と私は目を剝く。

だが彼女は、ふふっと笑って、人差し指を立てる。

「というわけで、お金が『経験と引き換えができるチケット』だとしたうえで、もう一度お訊ねします。あなたは、『どんなことを経験するチケット』が欲しいですか？」

あらためて問われて、私は黙り込んだ。

マンションが欲しいし、仕事もしたくない。

だけど、それは彼女が言うように『本当の願い』かと訊かれると違っていて、逃避に近い思いだ。

私は、何を望んでいるのだろう？

ぐるぐると思いを巡らせる。

やがて行き着いた答えは、些細《ささい》なものだった。

「――正社員に、なりたいです」

「今いる会社の？」

と、隣に座る男性が訊ねてきた。

私はまた言葉に詰まって、目を伏せる。

そういうわけではない。

正社員になれるなら、どこでも嬉しいのだ。

それは、どういうことなのだろう？

私は自分が分からなくなり、ぐっ、と眉間に力を入れて考える。

やがて、自分の奥底にある想いが微かに見えてくる。

一瞬、認めたくない、と拒否反応が起こったが、それを振り切るように首を振って、

私は口を開いた。

「違いました……必要と、されたいんです」

言葉にしたことで、実感が募《つの》り、目頭が熱くなった。

「誰に？」

と、隣の男性に問われて、私は自嘲気味に笑う。

「誰ということもなくて」

社会に、会社に、誰かに、必要とされたい。

「どうして、必要とされたいんですか？」

ヴィーナスが、優しく問う。

私の父は、私が八歳の時に亡くなった。

雪の降るクリスマスイブの夜のことだ。

仕事帰り、私のクリスマスプレゼントを買うのに、父は急いでいた。

おもちゃ屋さんの閉店時間が迫っていたためだ。

信号のないところで道路を横断してしまい、車に跳ねられて、ほぼ即死だった。

誰も口にはしなかったけれど、誰も彼も思っていた。

父は、私のせいで亡くなったのだ。

父が亡くなり、我が家の生活は一変した。

シングルマザーになった母は仕事に出始め、毎日疲れた顔をして帰ってくる。

その顔を見るたびに、私は自分が責められているような気持ちになっていた。

だから私は家ではなるべく明るく元気で、手がかからず、家の手伝いを進んでする『良い子』であろうと努力し続けた。

母の再婚も、本当はちっとも嬉しくなかったのに、大袈裟に喜んで見せた。

新しい父を大好きな振りをして、生まれてきた弟もたまらなく可愛い振りをした。

だけど、自分が邪魔者であるのを自覚していたのだ。

母も新しい父も、『たまには家に帰って来て、元気な顔を見せて』と言う。

それは一応、言っているだけ。

本当は私は、不必要でいらない存在なのだ。

だから、せめて、職場で必要な人間でありたいと思った。

だけど、私は『選ばれない人間』だった。

懸命にした就職活動も全敗。派遣社員となり、派遣先の職場で、自分の能力以上にがんばり続けた。それでも、どこの会社も私を正社員にしてくれない。

その度に自分は、どこに行っても不要な人間だ、と烙印を捺《お》された気持ちになる。

「そんな私だから、選ばれる、必要とされる人間になりたかったんです」

話しながら、鼻の奥がツンとしてくる。

私が俯《うつむ》いていると、ことん、と何かが置かれる音がした。

そっと目を上げると、白い皿の上に、ダークブラウンのモンブランが載っているのが見える。

モンブランのてっぺんには黄金の栗があり、キラキラと金粉がまぶされ、刻まれたクルミやナッツ、ドライ苺が鏤《ちりば》められている。

「お待たせしました。『新月のモンブラン』です」

ケーキを持って来た猫のマスターは、そう言ってにこりと目を細める。

「新月の……？」

夜空を見上げると、月が眩しく輝いている。

「今宵は新月ではありませんが、こちらは、とっておきの栗を新月の目に見えない光に当てて作ったモンブランなんです」

私は目頭を押さえて、マスターを見た。

「……新月の光に当てると、美味しくなるんですか？」

「新月は、『願いを叶える力』を持つんです。あなたが本当の願いに気付けて、その願いが叶うようにと想いを込めて」

マスターに向かって、私はそっと口角を上げる。

「ありがとうございます。ちょうど、本当の願いに気付けたところだったんです」

自分が、誰かに必要とされたい――。

それが私の願いだった。

するとマスターとヴィーナスが、顔を見合わせてはにかむ。

「もちろん、それもそうかもしれませんが、その前に大きな願いがあると思いますよ」

そう言ったマスターに、ヴィーナスが、そうそう、と頷く。

何を言ってるのだろう、と私は眉を顰《ひそ》める。

「あなたの月は魚座なので、今のご自分の本当の願いに、気付きにくいのかもしれませんね」

「私が魚座？　いえ、私は十二月生まれの射手座で……」

私が戸惑っていると、隣に座る男性が小さく笑った。

「とりあえず、いただいたら？」

「そうですね……」

と、私は、彼に目を向ける。

彼の前には、コロンと丸いスイーツとコーヒーが置いてあった。

「『ブラックホールのチョコ仕立て』です。光を飲み込むブラックホールを小さなチョコレートの球体にしました」とマスターが説明する。

「ああ、嬉しいよ。ありがとう、マスター。いただきます」

彼はコーヒーを口に運び、「旨いな」と本当に嬉しそうに目を細めた。よほど、コーヒーが飲みたかったのか、スイーツには手を付けずにコーヒーばかり飲んでいる。

いただきます、と私はフォークを手に取った。

『新月のモンブラン』は、たっぷりと空気を含んでいるのか、ふわっと軽く柔らかい。甘すぎず、それでいて濃厚で、大きなインパクトを与える。

中は、クリームチーズケーキだった。

少し爽やかなミルク風味で、マロンの濃厚さをリセットするようでいて、互いを引き立て合っている。

「……美味しいです。本当に美味しい」

これまでがんばってきた私を労《ねぎら》い、包んでくれるような味わいだ。

「良かったな」

優しい男性の言葉に、私は、はい、と頷く。

「俺も、ここでコーヒーを飲めて、長年の夢が叶ったよ」

「そんなにコーヒーを飲みたかったんですか？」

もしかして、コーヒー断ちをしていたのだろうか？

小首を傾げると、彼は可笑《おか》しそうに笑った後、私の目を見た。

「君に、もう一度会えたから」

「えっ？」

「会えて嬉しかった、小雪」

突然、名前を呼ばれて、私は驚いて目を見開く。

視線を合わせると、彼は切なげに微笑んでいる。

「ごめんな」

なぜ、私の名前を知っているのだろう？　なぜ、謝るのだろう？

私は困惑しながら、彼を見る。

彼と、しっかり目を合わせることで、過去の記憶が蘇ってきた。

そうだ――。

どうして思い出せなかったんだろう？

ふわり、ふわり、と白いものが天から降ってくる。

――雪だ。

「十四年前の今日……俺さ、クリスマスイブなのに仕事で遅くなっちゃって、それでもどうしても帰りに小雪が欲しがってたオモチャを買いたいって、たしかに急いで、会社を出たよ」

彼の言葉を聞きながら、ばくん、と鼓動が強くなった。

「だけど、道路に飛び出したのは、そのせいじゃないんだ。猫が動けなくなっていたのを見掛けて、そこに車が来たから、『大変だ』って思わず飛び出したんだ。後先のことは、あんまり考えてなかった。それで、小雪とママを悲しませてしまって……。猫が助かったから、唯一、それは救われたけど」

そう言って、彼は微笑む。

そうだった。

当時、我が家は父を『お父さん』、母を『ママ』と呼んでいた。

父も、私の前では母のことを『ママ』と呼んでいたのだ。

ばくばく、と今も鼓動が強い。全身が震えて、私は目眩《めまい》すら感じていた。

だって、こんなこと……ありえない。

母は、つらすぎるから、と父の写真を飾るようなことはしなかった。

私も自分を責めてしまうから、目に入れないようにしていたのだ。

父は、とても優しくて、スマートで、カッコイイ男性だった。

私は父が大好きで大好きで……。

そんな父を奪ったクリスマスという日を、私は嫌いになってしまったんだ。

「小雪が生まれた時からずっと楽しみにしてたんだ。それなのに大きくなる前に事故ったりして駄目だよなぁ。『小雪が大きくなったら、絶対にデートするんだ』って」

彼は、コーヒーを飲みながら、しみじみとそう話す。

喉の奥に何かが詰まったように、言葉が出ない。

彼はその大きな手で、そっと私の頭を撫でて、顔を覗き込んだ。

大人なのに子どものような屈託ないその笑顔。

それは紛れもなく、封印していた思い出の中にある父そのものであり、私は小さな声で問うた。

「本当に、お父さん……？」

「小雪、ごめんな。お父さんが死んでしまったのは、小雪のせいじゃない。そして、あの時の猫のせいでもない。これはもう、どうしようもないことだったんだ」

父はそう言って、大きな手で私の頭を包む。

「……ううん。私こそごめんなさい」

父の顔を見てもすぐに思い出せなかったのだ。

体の震えが止まらず、驚きすぎているためか、目頭が熱くなるも涙は流れない。

「いいんだよ。小雪はまだ小さかったんだ」

そう言って父は、マフラーを首にかけてくれた。

「それだけじゃないの。ママが新しいお父さんを見付けちゃったの……私、嬉しくないのに、嬉しい振りをして……」

私は、喉の奥から吐き出すように、そう告げた。

ずっと、『お父さんに悪い』と思っていたのだ。

今まで大切にしていた父の物を全部押し入れにしまって、新しい父を迎え、新しい父が大好きな振りをする自分を受け入れられなかった。

父に対しても申し訳なく、姑息《こそく》に偽る自分が許せなかった。

「小雪、いいんだよ。お父さんは、ママがずっと苦労して来たのを見守ってきたんだ。ようやく次のステップを踏み出してくれて、嬉しく思っているんだ」

それでも何も言えない私に、父は顔を覗いて、口角を上げる。

「この世で生きる人たちには分からない感覚かもしれないけれど、次の世界に行ってしまった者たちは、『家族が幸せであること』が何より嬉しいんだよ。お父さんは、ママが新しいお父さんと幸せになって心から喜べているんだ」

「……本当に？」

ああ、と父は強く頷いた。

「新しいお父さんが本当に良い人で、心からホッとしてるよ。小雪にもとても優しいだろう？」

そう言われても、私はすぐに受け入れられない。

「ママが好きだから、私に気を遣ってるだけだと思う」

つい、そんな風に言って目をそらしてしまった。

「小雪、お前がまだ、ママのお腹に入っている時のことだけど、出産予定日がクリスマスだったんだ」

うん、と私は頷く。その話は知っていた。

「だから、お父さんは、『女の子が生まれたら小雪って名前にしたい』って、私が生まれる前から決めていたんだよね？」

そう、と父は頷く。

「そして、もうひとつ名前を考えていた」

それは初耳だった。

「もし、男の子が生まれたら、『セイ』って名前にしたいともママと話してたんだ。聖夜の『聖』だ」

その言葉を聞いて、私は驚いて顔を上げた。

「聖……って、本当に？」

それは、異父弟の名前だ。

「そうだよ。新しいお父さんは、そういうことをすべて受け止めたうえで、ママとの間に生まれた男の子に『聖』と名付けてくれたんだ。すごく器の大きな優しい人だと思う。だから、安心していいよ、小雪。彼は大きな覚悟を持って、お前のお父さんになってくれた人だ」

「……」

私は何も言えないまま、ただ父を見ていた。

今まで、私は何をやってきたのだろう？

父を亡くしたのは、自分のせいだと責め立てて、父を思い出したかったのに、それすらもできなかった。

新しい父を受け入れている振りをしながら決して受け入れることができず、優しい振りだけしている人だと思い込んでいた。

すべては、事実とは違っていたのだ。

どうして、そんな風に歪《ゆが》んでしまったのか……？

それらは、すべて、自分を責めるところからのスタートだった。

私は、大きく目を見開く。

ようやく、分かった。

私自身の『本当の願いごと』、それは――。

「『自分を赦《ゆる》す』ことだったんだ……」

口にした瞬間、私の目から涙が溢れ出た。

哀しいわけではないのに、それまで堰き止めていた何かが決壊したかのように、涙が溢れ出る。

ずっと苦しかったのだ。

自分を赦せず、責め続けてきた。

そんな自分が、何かに選ばれるはずがない。

自分自身が、『お前なんかが、選ばれたら駄目だろう』と心の奥底では思っていたのだから……。

幸せになるのを拒否してきた。

なるべく、善行をして、罪滅ぼしをしなくては、と思い続けていた。

今の『選ばれない』現状は、実は自分が望んでいたことだったのだ。

すべてが腑に落ちた。

苦しかったすべてが流れるかのように、涙が止まらない。

「今夜は本当に良かった。小雪とこうして話ができた。十四年目の奇跡だな……」

父は嬉しそうに話しながら、『ブラックホールのチョコ仕立て』にスプーンを入れた。

チョコレートの球体の中には、光り輝く星の姿が入っていて、すごいな、と父はスイーツを口に運ぶ。一口食べるごとに、父の体がどんどん白く光っていく。

「お父さん！」

立ち上がった時には、まるで雪が解けるかのように、その姿がなくなり、キラキラとした光だけが残った。

4

――お父さん。

涙を拭って顔を上げると、そこは屋上庭園ではなかった。

私は、『朝倉彫塑館』の門の前に立っていたのだ。

門は閉まっていて、敷地内のトレーラーカフェどころか、イルミネーションすらなくなっている。

「……えっ？」

先ほどまで、月が浮かんでいたはずなのに、夕暮れ空だった。

もしかして、白昼夢でも見てたの？

「私、どうしたんだろう？」

目の周りは、今も涙で濡れている。

私は混乱しながら、再び涙を拭った。

その時、自分の首にマフラーがかかっていることに気が付いた。

このマフラーを首にかけてくれた父の笑顔が頭に浮かび、胸が詰まった。

スマホを確認すると、商店街を出てから、そう時間は経っていなかった。

私は踵《きびす》を返して、再び商店街へと戻る。

「あの、やっぱりケーキ、いただいてもいいですか？」

ひょっこりと舞い戻ってきた私に、組合の責任者は、「おおっ」と嬉しそうに顔をくしゃくしゃにした。

「もちろんだよ。でも、どうしたんだい？　友達が来ることになったとか？」

「いえ、今夜は、やっぱり、実家に帰ろうと思いまして」

きっと実家では、既にクリスマスケーキを用意しているだろう。

それでも四人もいるのだから、この小さなケーキも食べられるかもしれない。

新しい父と母と弟と、楽しいクリスマスイブの夜を過ごそう。

ケーキを手に商店街を出ると、薄暗くなってきている空からチラチラと白い雪が舞い落ちていた。

ありがとう、お父さん。

そして、『満月珈琲店』の皆さん……。

私は心の中でそうつぶやいて、マフラーに手を触れる。

しっかりと顔を上げて、駅へと急いだ。

それは、奇跡の夜だった――。

Interlude

朝倉彫塑館の屋上庭園は、今もイルミネーションが輝いている。

先ほどまでカウンター席には、鈴宮小雪とその父親が座っていたが、もうその姿はない。

お客様がいなくなった今、屋上庭園は、満月珈琲店のスタッフたちの宴会場となっていた。

「皆さん、お疲れ様です。依頼をまっとうできたことをお祝いして、乾杯しましょう。カクテルをどうぞ」

三毛猫のマスターはお客様だけではなく、仲間たちに対しても変わらない。

オーダーを受けずに、皆のカクテルを作るのだ。

「マスター、私が運びますね」

ルナは、長い黒髪をひとつに括って、皆の元に届ける。

ここにいるのは、マスター、月《ルナ》、水星《マーキュリー》、火星《マーズ》、木星《ジュピター》、土星《サートゥルヌス》、天王星《ウーラノス》、そして私
——金星《ヴィーナス》だ。

皆が飲み物を手にしたのを確認し、乾杯、とグラスを掲げた。

「相変わらず、冥王《めいおう》のおじ様と海王《かいおう》の不思議様は、不在ですか」

にっ、と笑って言ったのは金髪にピンクのインナーカラーを施しているウーラノスだ。

彼は今、銀髪美少年のマーキュリーと小さなテーブルを挟んでチェスをしている。

「あのお二方は、こういう場に来られるようなタイプではないでしょう」

マーキュリーはチェスの駒を手に、ぽつりとつぶやく。

「まぁ、そうだよな。あのお二方は、『トランスサタニアン』だし」

「それは、あなたもでしょう？」

トランスサタニアンとは、土星よりも遠い、天王星、海王星、冥王星のことだ。

土星までは地球上から肉眼で確認できるため、『顕在《けんざい》意識』を表し、目には見えないトランスサタニアンの三惑星は、『潜在意識』の領域だとされている。

「俺も本当は手が届かない、そうまさに『スター』のような存在なんだけど、水瓶座の時代になってから、ちょくちょく仕事があってさぁ。このドタバタが落ち着いたら、俺もちゃんと『トランスサタニアン』として、また遠い存在にならないとな」

あはは、と笑うウーラノスを前に、マーキュリーは不愉快そうに眉根を寄せている。

「まあ、そんな顔するなよ、兄弟。そんなすぐ、遠くに行かないからよ」

「……マイペースですね」

エキセントリックなウーラノスと、冷静沈着な分析屋のマーキュリー。二人はまったく違うようでいて、似通った性質もあり、気が合うようだ。

ちなみに実際には『二人』ではないのだけど、今は人の形をしているので人のように呼んでいる。

「それよりも、早く勝負の続きをしろよ。次は、俺がマーキュリーと一戦を交えるんだから」

彼らを急《せ》かしたのは、赤髪の凛々しい青年、マーズだ。レッドアイを片手に、進まない二人のチェスを見ながら、イライラしている。

彼は少しせっかちなところがあるけれど、その分、行動力があり、とてもまっすぐ。何より男らしい。それでいて、いつまでも少年のようなところがある。

私にとって、気になる存在だった。

「あら、ヴィーってば、またマーズに見惚《みと》れているの？」

背後でからかうような声がして、私はびくんと肩を震わせた。

振り返ると、ふくよかで陽気な中年の女性、ジュピターが、マルガリータを片手にからかうような視線をこちらに向けている。

「やだ、ジュピター」

熱くなる頰にあたふたしていると、

「そうやって、子どもをからかうものではない」

と、いかめしい中年紳士のサートゥルヌスが、ジュピターを窘《たしな》めた。彼は、カウンターでジントニックを飲んでいたようだ。

「あら、ごめんなさい。それよりも、ヴィーにサーたん、知ってる？」

「ジュピター、君までわたしのことを『サーたん』と……」

不快そうに顔をしかめるサートゥルヌスに、ジュピターは「可愛いからいいじゃない」と、あっけらかんと笑って話を続ける。

二人は、まったく違う性質を持っているけれど、共に大きな力を持ち、互いを認め合っている。

「花言葉のようにお酒にも言葉があるのよ。あなたが飲んでいる『ジントニック』の酒言葉は『強い意志』。さすがマスター、ピッタリのカクテルをチョイスしたわよね」

サートゥルヌスは、ほぉ、と洩らす。

どうやら気を良くしたようだ。

その話を聞いた私は、顔を明るくさせて詰め寄った。

「ねぇ、ジュピター、私の飲んでる『ワインクーラー』の酒言葉はなんていうの？」

『ワインクーラー』はロゼワインにオレンジジュース、グレナデンシロップ、ホワイトキュラソーを加えてシェイクしたもので、とても色鮮やかで美しいカクテルだ。

するとジュピターは、ふふっ、と笑う。

「そのカクテルの酒言葉は、『私を射止めて』よ」

「えっ」

「あなたをからかっているのは、私だけじゃないのかも？　マスターの場合、からかうというより、けしかけているのかしら？」

「そんな……」

私はもじもじしながら、マーズの方をちらりと見た。

彼もたまたま私を見たようで、互いの視線がばちりと合ってしまい——、

「っ！」

私たちはすぐに顔を背ける。

火照《ほて》る頬を誤魔化すように、私はカクテルを口に運ぶ。

ジュピターは、可愛いわねぇ、としみじみと洩らし、サートゥルヌスは、やれやれ、と肩をすくめている。

「そうだ、ヴィー、今夜はクリスマスイブなんだし、この雰囲気に乗じてマーズとの仲を進めちゃいなさいよ。『ワインクーラー』をマーズに渡すの。『これが、私の気持ちよ』って」

「そんなっ」

私が目をぐるぐるとさせていると、サートゥルヌスが盛大なため息をついた。

「わたしはジュピターの意見に反対だ。雰囲気に流されて、男女の関係を進めるというのは、どうかと思う」

「あら、いいじゃない」

と、ジュピターは口を尖らせた後に、手を広げる。

「だってクリスマスの楽しい雰囲気は恋の背中を押してくれるものでしょう？　恋する人たちの味方なのよ」

「ちゃんと想い合っている二人ならば、浮かれた空気に呑まれて行動したりせずに、しっかり手順を踏んだ方がいい」

「いやーね、恋なんて、そもそも浮かれてるものじゃない」

「いや、しかし」

「あなたは、恋愛結婚よりも、お見合い推奨派ですもんね」

「見合いというのは、そもそも親同士が認めた相手と出会えるのだから、もし、二人の気持ちが合うならば、そんなに良いことはないだろう」

「信じられない、ロマンがないったらないわ」

「見合い結婚だって、恋愛がないわけではないだろう」

「そうかもしれないけど」

二人とも……、と私は頬を引きつらせる。

互いを認め合っている二人だけど、そもそもが真逆なタイプだ。

こういう時、まったく相容《あいい》れない。

私は、話題を変えようと、ジュピターの持っているカクテルを指差して訊ねた。

「ねぇ、ジュピターの飲んでいるカクテルは、『マルガリータ』よね？」

「ええ、そうよ」

「その酒言葉ってどんなものなの？」

「『マルガリータ』の酒言葉は、『無言の愛』よ」

と、ジュピターは、胸に手を当てる。

「常にお喋りな君っぽくないカクテルだな」

さらりと言ったサートゥルヌスに、ジュピターは「失礼ね」と口を尖らせる。

「私はいつだって、何も言わずにたくさんの人に大きな愛を与えているのよ。まるで、さっきの、小雪さんのお父様のようにね」

その言葉を聞き、私は先ほどのお客様――小雪さんと彼女の父親のことを思い出す。

娘を無言で見守り続けた父の愛情に、私も胸を打たれたのだ。

同時に、分からなかったこともあった。

「ジュピター、あの時、マスターが小雪さんに伝えた言葉が、私にはよく分からなかったの」

「マスターの言葉って？」

「本当の願いというところ……」

私はそう言った後、あの時のマスターの言葉を伝えた。

『あなたの月は魚座なので、今のご自分の本当の願いに、気付きにくいのかもしれませんね』

「どうして、月星座が魚座だと、自分の本当の願いに気付きにくいという話になるの？」

そんな疑問を口にすると、

「月は、未熟だからよ」

鈴のように綺麗な声が、背後からした。

振り返ると、ルナの姿があった。彼女は、バイオレットフィズ――自身の瞳の色と同じ、美しい紫色のカクテルを手にしている。

もうカクテルを配り終えたためか、先ほどまで括っていた髪をほどいていた。

艶やかで真っ直ぐな黒髪が、月の光に当たり輝いて見える。

「ルナっ！」

美しく神秘的で、どこかクールなルナは、私の憧れの女性でもある。

そんなルナの口から出た今の言葉は、私にとって違和感があった。

「月は未熟——って？」

私が小首を傾げると、ルナは、そうね、と長いストレートの黒髪を耳に掛けながら、話を始める。

「月の年齢域は、生まれてから七歳くらいを指すと言われているでしょう？」

以前、マスターが客人に伝えていた、『惑星期と年齢域』。

スタートは、月からなのだ。

「赤子の頃から自我が目覚めるまでを示す『月』は、素の自分。それは、本能に近い部分なのよ。同時にまだ育っておらず、洗練もされていない、つまりは未熟な部分でもあるの」

私は黙って相槌をうつ。

実際、生まれてから七歳くらいまでは、人は目を離せないほどに未熟な存在だ。

「太陽星座はその人の表の顔でしょう？　それはずっと自分の看板として掲げてきたものだから、やっぱり多くの人は太陽星座を使いこなせている。同じ『牡羊座』で考えたとして、もし『太陽星座・牡羊座』の人と、『月星座・牡羊座』の人が、『牡羊座的な能力』を競った場合、どうやっても太陽星座の人には敵わないの」

たしかにそうだろう。

それが自分の看板だと、表に出て人生の前線で戦ってきたのが、太陽星座であり、月星座は深窓の令嬢のようなもの。

「だから、月星座と言うのはコンプレックスにもなりやすいわ。たとえば、月星座・牡羊座の人は、太陽星座・牡羊座の人に劣等感を抱きやすかったりもするわ」

そっか、と私は納得した。

「自分も持っている性質なのに、太陽星座の人ほど上手く使いこなせないから……」

そういうこと、とルナは頷く。

「さっきの小雪さんは、月星座が魚座だったでしょう？ そういえば、この前のお客様もそうだったわよね」

ルナの言葉を受けて、そういえば、と私は顔を上げた。

「そうだ。あの人――純子さんも、月星座が魚座だった」

――それは、今より二週間ほど前の話だ。

第三章　前世の縁と線香花火のアイスティー

1

師走とはよく言ったもので、十二月に入ると街中はどこか忙《せわ》しない。

近所のショッピングモール『イーアスつくば』は近付くクリスマスに向けて、装飾も日に日に盛り上がりを見せていた。

学校での三者面談を終えた私と娘は、帰りにフードコートに立ち寄った。

平日にもかかわらず、制服を着た学生の姿が多い。

おそらく、いつもより早く授業が終わったのだろう。

私も学生の頃は、友人たちとファーストフード店に立ち寄り、いつまでもお喋りをしていたものだ。

今は――、と隣に座る愛しい存在に目を落とす。

小学校一年生の娘・愛由は、友達の影響を受けて、自分もドーナツショップのおまけが欲しい、などと言い出すようになった。

今の子ども用セットには、子ども番組のグッズがついてくる。その番組は『流星エンジェル』といって、言うなれば女の子版のレンジャーだ。太陽・月・星の力を持つアイドル三人組が、悪の組織と戦うというもの。

グッズはステッキであり、太陽、月、星の三種類から選べる。私は、三日月の形をした月のステッキが素敵だと思ったけれど、娘が選んだのは、星のステッキだった。

今もステッキを手に、にこにこと目を細めている。

「愛由、ほら、遊んでばかりいないで、ちゃんと『土星のドーナツ』も食べるんだよ」

娘の背を撫でて言うと、「うんっ」と答えて、ドーナツに両手を伸ばす。

小さな手で持ち、小さな口に運ぶ。

とても愛らしいけれど、この様子では食べ終わるまでに時間がかかるだろう。

子ども用セットとはいえ、娘には量が多い。

結局私が食べることになる。

子育て中のダイエットは、ハードルが高すぎる話なのだ。

昨夜、体重計に乗って、ショックを受けたばかりなのに……。

それでも、仕方ないか、と余裕で構えていられるのは、私が若くない母というのもある。

この子は、長い不妊治療の末、諦めた頃に授かることができた。おかげで娘の同級生の母親たちよりも一回り年上だ。

若い母親が幼い子のやることにイライラしたり、焦ったりしている姿を見ると、そうなるのは当然だろう、と大きく頷いてしまう。

もし自分が、二十代や三十代前半の頃だったなら、『早く食べてしまいなさい』と、せっついてしまったに違いない。

高齢出産は、身体に堪えるけれど、若い頃よりも心にだけは余裕がある。

娘が食べているのを見た後に、なんとなく、店内を見回した。

女子高生たちも、おまけのステッキを持っているようで、思わず目を凝らす。

「うっそ、あんたは太陽にしたの？　私は月」

「太陽は、私の推《お》しだから」

そんな声が耳に届いた。

娘が夢中になっている番組『流星エンジェル』は、どうやら女子高生にも人気のようだ。思えば、内容も大人が観ても興味深い。

神話の時代に神々に仕えた者たちが、現代に生まれ変わるというもの。

『前世』や『西洋占星術』を取り入れている。

そういえば、その番組のシナリオはかつて一世を風靡《ふうび》し、一時は消えていた脚本家が再浮上して、手掛けているという話だった。

たしか、私と同世代か、少し年下の脚本家だったはず。

なんて名前だったかな、と私はスマホを手にする。

番組のタイトルで検索すると、すぐに『芹川瑞希《みずき》』という名前が出た。

「そうだ。芹川瑞希だ……」

ネットには、芹川瑞希と中山明里《なかやまあかり》という女性プロデューサーの対談が載っている。

『流星エンジェル』は、二人三脚で作ったドラマだそうだ。

「芹川瑞希、懐かしい」

彼女のドラマが好きで、当時はよく観ていた。

芹川瑞希は、しばらく姿を消していたけれど、最近ソーシャルゲームのシナリオを書いて好評を博し、今回、子ども番組の脚本を手掛けることになった。

それが今、話題をさらっているのだから、復活したと言って良いのだろう。

「ママ、何見てるの？」

愛由に問われて、私はスマホの画面を見せた。

「この芹川瑞希さんって人が愛由の好きな『流星エンジェル』のお話を書いた人で、こっちの中山明里さんって人が、『流星エンジェル』を作った人なんだって」

「書いた人と作る人は違うの？」

「うん、書いただけでは本のままでしょう？　それをちゃんとドラマにする人がいないとテレビで観られないの」

愛由は、へぇ、と感心したようにうなずく。

「どっちもすごいんだね」

「そう、どっちもすごいよね」

芹川瑞希の活躍は、同世代の私にとってもなぜか誇らしい。それと同時に、対談を読み、まだ独身であることを知ると、結婚や出産をしなくて大丈夫？　などといらぬ心配をしてしまう。

こんな考えが浮かぶと同時に、私は自分を責める。

――嫌だ。父みたいなことを私は言っている、と。

私の父親は、昭和気質の古い価値観を持つ男だった。

『女に学歴も仕事もいらない』

『早く結婚して、子どもを産んでこそだ』

私に常にそう言っていた。

純子という私の名前も『女は純粋で従順であれ』という考えに基づいてだと聞いている。

そんな父は、従順で聡明だった弟に期待をかけていた。

だが、過度なプレッシャーをかけられた弟は、壊れてしまった。

弟が高校生で、私は大学生になったばかりの頃だ。

私もそのことがキッカケで、父と絶縁をした。

丁度、大学の寮に入っていたのもあり、それは簡単だった。

ほとんど実家には帰らず、母に会いたくなったら、来てもらうようにしていた。

実家に帰るのも、父がいないと前もって分かっている日。

おかげで……、と、私はぽつりと零す。

実家で飼っていた愛犬・リンの死に立ち合うことができなかった。

思い出すと、鼻先がツンと痺れてきて、目頭が熱くなる。

ペットロスなどという、簡単な言葉では片付けられない。

リンは、家族だったのだ。

柴犬に似た雑種のリンは、つぶらな瞳が愛らしく、いつも機嫌良さそうな顔で私を見ていた。

私が学校で辛いことがあったり、父に怒られて凹《へこ》んでいる時は、何も言わずに寄り添ってくれた。

今もリンの感触を忘れることができない。

「もうすぐ、ワンちゃんが来るね」

愛由の言葉に、私はどきりとして我に返った。

「あ、うん、そうだね」

先日、我が家は、保護犬を引き取る決意をした。

とはいえ、まだうちには来ていない。手続き云々《うんぬん》があるそうだ。

「そういえば、ワンちゃんの名前、決まったの？」

そう問うと、愛由は、うーん、と唸る。

「いっぱい、考えているんだけど、決まらない」

「どんなのを考えてるの？」

「ジェニファーとかジャスミンとか」

「……お姫様みたいだね」

「うん。でも、長いお名前は、ワンちゃんが嫌がるかもしれないし……」

そうだねぇ、と私は相槌をうつ。

「ママが昔飼っていた、ワンちゃんはなんて名前だったの？」

そう問われて、私はまた、どきりとした。

まるで、考えを読まれたかのようだ。

愛由には、こうした不思議なところがある。

「……リンって名前だったよ」

「ママがつけたの？」

「そうだよ」

「どうして、リンって名前にしたの？」

そんな質問が来るとは思わず、私は少し戸惑った。

「どうしてだったかな？」

「リンって、鈴のこと？」

「ううん、鈴じゃなかった……」

そういえば、なぜ、リンという名前にしたのだろう？

私は腕を組んで、当時の記憶を探ってみた。

あの頃の自分の姿が、頭に浮かぶ。

占いやおまじないが大好きな女子だった。

そうだ。私は小学生の時、生まれ変わりをモチーフにしたマンガに夢中だった。『生まれ変わって、もう一度出会い、人間ドラマが広がる』という内容のものだ。

犬が家にやってくることになって、本当に嬉しかった。

だけど、ペットを飼うことを反対し続けていた父は、こともあろうか、犬が家にやってきた日に、とてもひどい言葉を口にした。

『犬の寿命なんて短いんだ。すぐに死んでしまって、悲しむのはお前なんだぞ』

父の思いやりのない発言が、とても悲しかった。

喜びのさなかに、そんなことを言う父に、怒りを覚えた。

その時に、「いいもん、この子とは、生まれ変わっても一緒だもん」と私は、父に聞こえないような小さな声で反論したのだ。

その出来事があって、私は『リン』と名付けた。

輪廻《りんね》のリンだ。

父の暴言を伏せて、愛由に名前の由来を伝えると、へええ、と愛由は目を輝かせる。

「それじゃあ、今度のワンちゃんにも『リン』ってつけてもいい？」

「えっ？　うん、いいよ」

「リンちゃんにするね！」

わあい、と喜ぶ愛由を眺めながら、私は少し不思議な気持ちになる。

生まれ変わっても、また出会えるのを願って、かつての私は愛犬に『リン』と名付けた。

あれから、三十年以上の年月が経ち、私も人の親となり、我が家にやってくることになった保護犬の名前が、再び『リン』に決まるなんて――。

思えば、あの保護犬もリンと同じ、柴犬っぽい雑種だ。

本当に、リンの生まれ変わりだったりして……。

そんなロマンチックな想いに浸っていると、スマホがピコンと音を立てて、メッセージが届いたのを知らせた。

夫だろうか、と画面をタップする。

珍しいことに、弟からだった。

父の圧力に耐えきれず、高校生の頃に壊れてしまった弟も、もう四十路《よそじ》をすぎている。いい大人だ。

弟も母の手前、一応は父に謝ったようだが、和解には至っていない。

きっと一生、無理だろう。

弟は父を憎んでいるし、父は弟を受け入れられない。

ずっと弟は父のお気に入りだったのだ。子どもの頃の私は、いつも父に褒《ほ》められる弟を羨ましく思っていた。

その一方で、弟が我慢を溜め込んでいるのも、私は気付いていた。

父に理不尽なことを言われて怒鳴られている時、弟が奥歯を噛みしめて、強く拳を握っている様子を何度も見ていた。

私はいつか、あの拳で父に反旗を翻すのではないかと、冷や冷やした心持ちでもいたのだ。

そうして、ついに弟は、我慢の限界に達し、爆発した。

弟の落とした爆弾は大きかった。

あれ以来、一家は断絶だ。弟は、家にいられなくなり、母方の祖母の家に身を寄せた。

堅実なエリート街道を進むと信じてやまなかった弟は今、美容業界にいる。

一家離散となったキッカケは弟だったけれど、私も父に対して爆発寸前だったため、彼の気持ちはよく分かるし、恨む気持ちにはならない。

だが、弟としては私たちに申し訳なく思っているようだ。そのため、家族に迷惑をかけないように、と距離を置いて生活している。

そんな弟から私に連絡が来るのは、珍しいことだった。

何かあったのだろうか？

心配になりながら、メッセージを確認する。

『姉さん、久しぶり。今度、結婚することになったんだ』

思いもしない一文に、私は「ええっ⁉」と仰天の声を上げた。

「どうしたの？」

愛由が私を見上げて、小首を傾げる。

なんでもないよ、と愛由の背中に手を触れながら、私は頬杖をついた。

弟が結婚なんて、信じられない。

恋人がいたとしても、ずっと同棲生活を続けていくのだろうと思っていた。

父が知ったらまたひと騒動あるかもしれない。

小さく息をついたとき、

「食べた」

気が付くと娘は、ドーナツを平らげていて、誇らしげに私を見上げていた。

「それじゃあ、『ご馳走様《ちそうさま》』しようね」

「はーい、ごちそうさまっ」

娘は手を合わせてぺこりと頭を下げて、いそいそと立ち上がる。

私も腰を上げて、トレイを手に持った。

「――でね、私、この前、この中の占いコーナーで『前世占い』をしてもらったの。それが、すっごく綺麗な占い師さんでさぁ」

たまたま、女子高生の言葉が耳に飛び込んで来た。もともと、前世云々という話が好きだったせいなのかもしれない。

もちろん、すっかり身も心もいい大人になった今の私は、そんなものは眉唾《まゆつば》ものだと分かっている。

そういえば、このショッピングモールに占いコーナーがあったなぁ、などと思いながら、私はなんとなく話に耳を傾ける。

女子高生の一人は、どうだった、どうだった、と前のめりになっていた。

「もしかして、フランス革命時代の貴族のお姫様だったとか？」

「エジプト王室だったりして」

そんな風に詰め寄る女子高生たちの姿を横目に見ながら、思わず頬が緩む。

私も学生の頃、占い雑誌の『前世占い』をして、ヨーロッパのお姫様やアラブの王様だったと喜んでいたものだ。

皆が皆、貴族や王室にいた人間なわけがないだろうに。

占い師はきっと女子高生にあれこれ質問し、答えさせて、情報を得ているのだろう。心理的な誘導尋問。コールドリーディングというものだ。

顧客がどんな前世を求めているかを察知し、期待に応えた回答をする。

前世など、確かめようがないから、当たるも外れるもないのだ。

やだやだ、と肩をすくめるも、女子高生が続けた話は思っていたものとは違っていた。

「そんなんじゃなくてね。『前世から持ってきたもの』を教えてくれたんだよね。しかも、お代はいらないって」

「えっ、それってなんなん？」

私も同じように、『それって、なんだろう？』と思いながら、返却口にトレイを戻して、娘と共にフードコートを出る。

少し歩くと、通路の端の方に『占い』という看板が見えた。

『手相』『姓名判断』『西洋占星術』と、よく見聞きする占いの中に『前世カ占い』という見慣れぬ看板がある。

「ママ、あそこに東京のお姫様がいる」

娘の突拍子もない言葉に、私は目を瞬かせる。

あそこ、と娘は占いコーナーを指差した。

指を差しちゃ駄目よ、と窘めてから、女性に目を向けて、私は納得した。

西洋人の女性が座っていた。

プラチナブロンドと言うのだろうか。透き通るような金髪に、磁器のように白い肌。宗教画から抜け出したような整った容姿は、まるで女優のようだ。

どこかで観たことがある気がするから、実際に芸能人なのかもしれない。

「本当に、お姫様みたいね」

「みたいじゃなくて、本当に東京のお姫様なの」

「東京のお姫様って？」

「サトちゃんと行ったお城のところにいたから」

おそらく、恵比寿ガーデンプレイスのシャトーレストランのことだろう。

「あのお姫様、ワンちゃんと会った公園にもいたよ」

私は、ああ、と手を打つ。

「そうだ、演奏していた人だ。もしかしたら、サトちゃんみたいにイベント屋さんなのかもしれないね」

「イベント屋さん？」

そんな会話をしていると、私たちの声が聞こえたのか、彼女は顔を上げてにこりと微笑み、手招きをした。

愛由は顔を明るくさせて、彼女の許に駆け寄る。

「こんにちはっ」

元気に挨拶をする愛由に、美しい彼女はにこりと目を細めた。

「こんにちは、お嬢さん。また会いましたね。どうぞお掛けください」

「うん」

躊躇もせずに向かい側の椅子に座る愛由に、私はギョッとした。

「もし良かったら、占っていきませんか？」

彼女は私を見上げて、優しく問いかける。

私が戸惑っていると、それを察したようで、彼女はすぐにこう続けた。

「私はお代をいただいていないんです」

私は、はぁ、と洩らしながら、腰を下ろした。

そうは言っても、完全には信用できない。

「あの、『前世占い』って……」

不信感を胸に抱きながら私が口を開くと、彼女は「いえいえ」と首を振った。

「『前世占い』ではなくて、『前世力占い』なんです」

「……前世力？」

ぽかんとする私に、彼女は、ふふっ、と笑う。

「占星術なんです。人は誰でも前世から受け継いだ力があるんですが、それがどういうものなのかを視《み》るんですよ」

「愛由のぜんせりょくは？」

無邪気に問う愛由に、彼女は、「ちょっと待ってくださいね」と懐中時計を取り出す。

それを愛由の額に当てて、蓋を開けるとホロスコープのホログラムが表示された。

2014.12.20.10:30:36――愛由の生年月日が記されている。

「持って生まれた性質や才能、能力は、すなわち、前世から引き継いだものです。それをどこで視るかというと、円の左端『ＡＳＣ《アセンダント》』というところです。第一室《ハウス》の起点、第十二室と第一室を分けるラインですね。愛由ちゃんは、太陽星座は射手座、月星座も射手座。そして、ＡＳＣは、魚座です。このＡＳＣが、前世より引き継いだ力なんです」

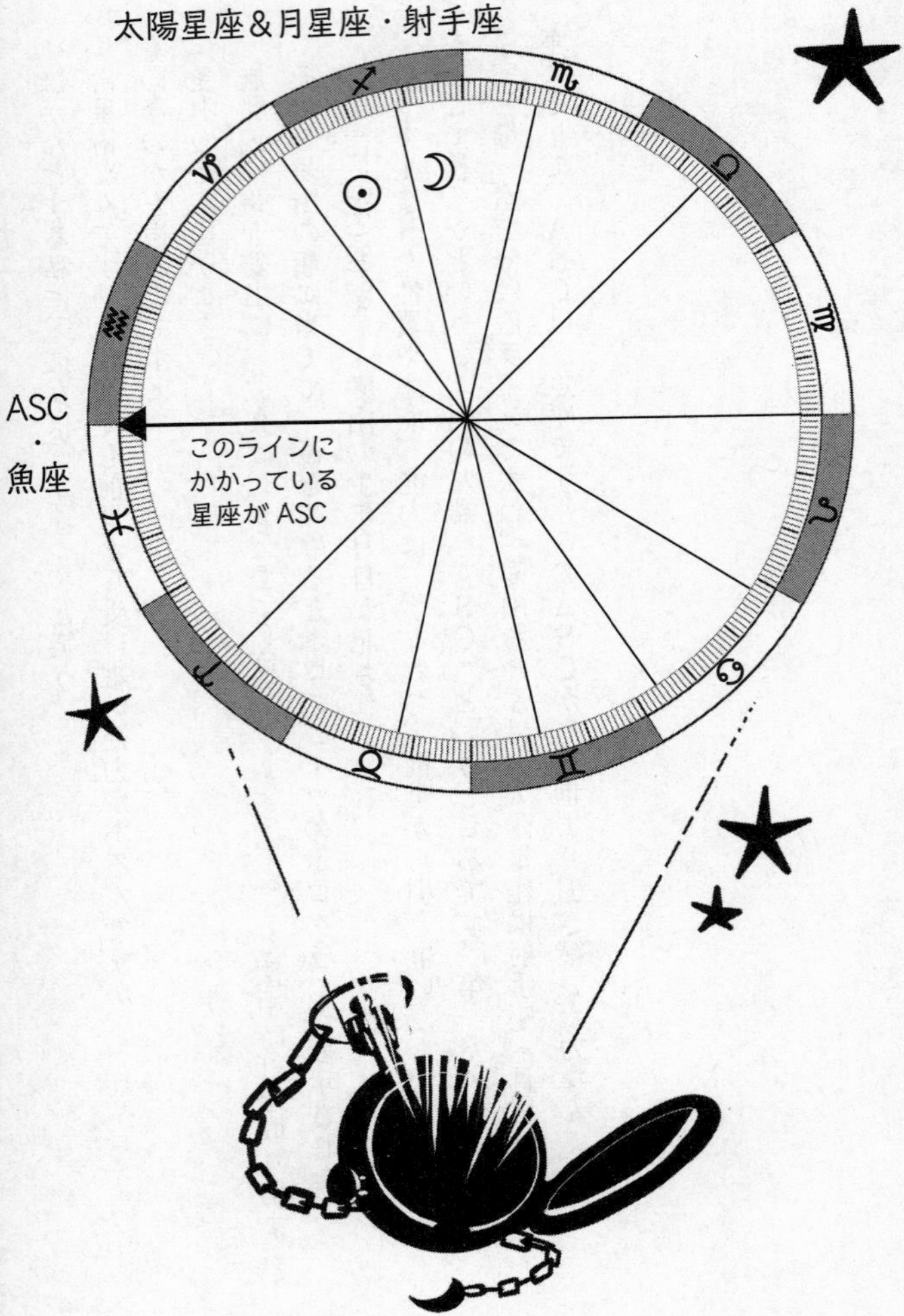
太陽星座＆月星座・射手座
ASC
・
魚座
このラインに
かかっている
星座が ASC

「――それが、魚座だとどうなんでしょう？」

よく分からないと私は顔をしかめながらも、元々はこういう話は好きなため、気が付くと前のめりになってしまう。

「愛由ちゃんは、生まれながらに『魚座力』を持っているということですね」

「魚座力……って？」

「想像力が豊かで、寛容で、人に癒しを与えて、第六感のようなものが強い、魚座はそういう性質を持っているので、それが魚座力ですね」

当たっている。

ごくり、と私の喉が鳴った。

「それは愛由ちゃんが、前世で培ってきたものなんです。だから、今世では無理せず自然にできてしまう、つまり生まれ持った才能というわけです」

気が付くと私は感心の息をついていた。

彼女はそんな私を見て、もし良かったら、と懐中時計を手にした。

「お母様も視てみましょうか？」

「あ、はい。良かったら」

私は、思わずキュッと肩をすくめて身構える。

懐中時計を額にかざされると、眉間から額にかけてじんわりと熱くなる。

愛由の時と同じように、ホロスコープが表示された。

「お母様は、太陽が双子座、月が魚座で……」

愛由の説明を聞いていて、魚座って素敵だと感じていたので、月が魚座と聞いて嬉しく感じる。そうはいっても、よく分からないのだけど……。

「そして、お母様の前世力——ASCは、乙女座ですね」

「……乙女座」

馴染みのない星座なので、イメージが湧きにくい。

乙女チックなイメージなのだろうか？

「乙女座は、『正義と公平の女神』です。才気があり観察力があり、何事も冷静に分析できますし、自ら縁の下の力持ちになって人を惜しみなく応援できる、そんな素敵な方です」

あまりの褒められように頬が熱くなる。

だが、自ら縁の下の力持ちになるというのと、人を応援できる、というのは身に覚えがある。

「一方で、とてもデリケートで、傷付きやすい一面も持っていますね」

これにも、心当たりがあった。

何も言わず考え込んでいると、彼女は少し不安そうに私の顔を覗いた。

「どうでしたか？」

「……すごいです」

「はい。占星術はすごいんです」

彼女は、急に胸を張るも、すぐに肩をすくめる。

「そうは言っても、私は見習いで、まだまだなんですけど。それで、こうして色んな方の出生図《ネイタルチャート》を拝見して、勉強しているんです」

それで無料なんだ、と私は納得した。

「ちなみに、ASCというのは、持って生まれた才能以外にも、第一印象、外見的特徴なども現わしているんです。そうしたASCの特徴を『前世力』と解釈したのは、私の星詠みの師匠なんですよ」

彼女は、懐中時計を大事そうに掌に包みながらそう話す。

「その前世力を知ることで、何か良いことがあるんでしょうか？」

思わずそう訊ねると、彼女はぱちりと目を瞬かせた。

「それはもちろん。運が開けるすべてのスタートは『自分を知る』ことなんです」

言っていることが、分かるような分からないような曖昧な感覚で、私はなんとなく相槌をうつ。

「ゲームに譬えてみましょうか。人生はRPGです。ASCは最初の装備なんですよ。

その武器は、修業していないのに、自然に使えるわけです。それを手に主人公である自分は冒険の旅に向かうんですよ」

彼女の説明から、私の頭にRPGの画面と音楽が浮かんだ。

「だけど、もし、自分がどんな武器を持っているのか分からなかったら、手こずると思いませんか？」

「手こずりますね」

思わず真顔で答えた私に、でしょう、と彼女は笑う。

「知っていたら、すんなり使えて、軽やかな旅ができるわけです」

「それが、ASCということなんですね」

はい、と頷いて、彼女は話を続ける。

「ただ、しばらくは最初の装備で戦えますが、成長していくにつれて事情が変わってくるんです。さらに上のステージに変わった時に、これまで使っていた武器では通用しなくなってくる。持っていた武器をさらに鍛えたり磨いたり、もしくは新しい武器を手にしたりしなくてはならないわけです」

その譬えは分かりやすく、私は、ふむふむ、と相槌をうつ。

「つまり、私の場合は持って生まれた乙女座力を鍛えたり、磨いたりする必要があるんですね」

そう訊ねると、彼女は、ええ、と頷いた。

「ですが、そうとも限らない場合もあるんですよ。もちろん前世力を磨くのは素敵なことなんですが、時々、前世力に囚われて、動けなくなる人もいるんですよ」

「どういうことですか？」

「たとえば、ＡＳＣが山羊座の人がいたとします。山羊座は常識的で真面目で勤勉な、とっても日本人的なサインなんです。実はこのＡＳＣ山羊座さん、前世で散々、山羊座的な生き方をしてきたので、『今世は、魚座のように夢見がちに生きていきたい』と願って生まれてきました。それなのに『そんなゆるふわじゃ駄目だろ！』と、前世から引き継いだ山羊座的な考えに引っ張られてしまって、なかなか、自分が求める生き方ができずに葛藤してしまう……。そんなこともあるんですよ」

そういう葛藤は、分からないでもない。

「ＡＳＣはあくまで、持って生まれた最初の装備であって、今世のテーマというわけではないんですよね」

そういうことは往々にしてありそうだと、私は大きく首を動かす。

ふと、弟の姿が脳裏を過る。

もしかしたら、弟はずっとアセンダントというものを引きずって、それを抑え込んでいたのかもしれない。

「もし、そのお話のASC山羊座さんのような状態になった場合、どうしたら良いのでしょうか？」

「そこで、大事なのは『自分を知ること』です。自分は今世でどう生きたいのか、じっくり自分に問いかけるんですよ。いわば、自分会議です」

「自分会議……」

思わず頬が緩む。

「その自分会議の結果、『今世は、海を泳ぐ魚のように生きたいんだ』ということが分かったら、『自分は、そのように生きていこう。でも、せっかく持って生まれた山羊座的な能力は、対人関係の際に活かすとしよう』と決めてしまうんですよ」

「そっか、それが必ずしも、『乙女座力を鍛え上げなければいけない』というわけではないということですね」

「そういうことです」

「でも、その自分会議の結果が、間違っていた場合は、どうなるんでしょう？」

そう問うと、彼女は不思議そうに、また目を瞬かせた。

「間違いなんて、ないんですよ」

「えっ？」

「人は、一人一人、宇宙を持っています」

急に宗教的になった言葉に苦笑すると、彼女は、あら、と口を尖らせる。

「だって、そうじゃない。同じ場所にこうして三人がいても、誰一人として同じ景色を見ていない。あなたが見ている景色はあなただけのもの。あなただけに広がる宇宙なんです」

たしかにそうだ。

「あなたという宇宙では、あなたが決めたことに星々は力を貸します。苦労をしても遠回りをしても、それはすべて正解なんですよ」

「それじゃあ、苦労も遠回りもしたくない場合は……？」

小声で訊ねると、彼女は、ふふっと笑う。

「それも、そのように決めれば良いんですよ。星は道を照らしてくれますが、行く先を決めるのはあくまで自分なんです」

私は肩の力が抜けたような気持ちで、そっか、と洩らした。

「……占星術って面白いですね。興味が湧きました」

そう言った私に、「嬉しいです」と、彼女は本当に嬉しそうに微笑んだ。

『前世力占い』をしてもらった私と愛由は、彼女に礼を言って、コーナーを出る。

思っていた前世占いとはまるで違っていたけれど、満ち足りた気分だ。

視てもらって良かった。

とても良い話を聞けたから、と少しでもお代を支払おうとしたのだけど彼女は笑顔でそれを断ったのだ。

ショッピングモールを出て、駐車場に停めてある車に乗り込んだ時に、まるで見計ったかのようにブルル、とスマホが音を立てた。

画面を確認すると、今度は母からの着信だった。

きっと、結婚するという弟からの連絡に戸惑って、私に電話をしてきたに違いない。

「――はい、もしもし?」

『もしもし、純子?』

母の声は、とても暗かった。

また、家族内が荒れることを憂えているのだろう。

「お母さん……」

なんて言おうか考えながら口を開くと、予想外の言葉が耳に届いた。

『今朝、お父さんが倒れたの。今は病院にいるのよ』

2

母から連絡を受けた私は、愛由と共に実家――鎌倉へ向かっていた。

夫は仕事を休めず、私は運転がさほど得意ではない。

そのため、つくば駅から北千住、品川、そして藤沢と、電車を乗り継いで向かうことにした。

実家まで約二時間半という、なかなかの長旅だ。

幼い愛由は夫の実家に置いていくことも考えたのだけれど、愛由が絶対に一緒に行くと言ってきかないので、根負けして連れていくことにした。

愛由は普段、聞き分けが良い。そんな愛由が、こんなに引かなかったのは初めてだった。

勘の鋭い子だから、もしかしたら、父が長くないのを感じ取ったのかもしれない。

「鎌倉のお祖母ちゃんの家に行くの、初めてだねっ」

愛由は、窓の外を眺めながら、嬉しそうに目を輝かせている。

「愛由が赤ちゃんの時は、行ったことあるんだよ」

父と絶縁後も、父の居ぬ間に実家に帰ったことがある。その時はいつも夫の運転する車だった。こうして電車に乗って帰るのは、独身の頃以来だ。

「そうなの？　それじゃあ、鎌倉のお祖父ちゃんに会うのは？」

その言葉に、私の胸がチクリと痛んだ。

愛由は生まれてから一度も、私の父――祖父に会っていない。

どんな理由であれ、私は愛由から祖父を奪っていたのだ。

申し訳なさが募り、私は無意識に拳を握り締めていた。

愛由は自分がした質問を忘れたかのように、愉しそうに窓の外を眺めている。

ごめんね、と心の中でつぶやいた。

愛由のことを思えば、会わせてあげるべきだったのだろうか？

いや、無理だろう。

これまでは、こんな風に考えることすらできなかったのだから……。

――家族が壊れてしまった日のことは、とても鮮明に覚えている。

それなのに、頭に浮かぶ光景は、セピア調に色褪せている。

とても、不思議な感覚だ。

私が大学に進学して一か月。

まだ、寮生活にも慣れていない頃だった。

その日、私は母に呼ばれて実家に帰っていた。

新生活を始めて、足りないものはないか、困ったことはないか、と母はとても心配してくれて、父と共に大型ショッピングモールに買い物に出たのだ。

母に頼まれて車を出した父は、随分と不機嫌で、

『買い物なんて面倒くさい。さっさと済ませてこい。俺は車で待っている』

と言って、ずっと駐車場にいた。

私と母は、新生活を始めてから足りないと気付いた物をあれこれと買い込み、気が付くと結構な時間が経っていた。

車の中でずっと待っていた父は、『なんでそんなに遅いんだ！』『これだから女は！』と怒り、家に向かう帰り、車中はずっとピリピリしていた。

私は、後部席でギュッと拳を握り、

『これで最後だ。お父さんと過ごすのは、これが最後。もう嫌、もう限界だ。寮生活を終えても、家には戻らない。実家に帰る時は、お父さんのいない時だけにしよう。もう、会いたくない』

呪文のように、何度も繰り返し思っていた。

そうして、私たちは家に帰った。

人生には、『悪魔のタイミング』というのがある。

母はきっと、車中の重苦しい空気を和《なご》ませたかったに違いない。

『そうだ、今夜は駐車場でバーベキューをしましょうよ』と言ったのだ。

そのため、父は車を自宅の駐車場でなく、近所のパーキングに停めた。

もし、あの日、いつものように自宅の駐車場に車を停めていたら、家にいた弟はそのエンジン音で私たちの帰りを察しただろう。車で出かけて行った私たちが徒歩で帰ってくるなんて、夢にも思わなかったに違いない。

私たちが家に帰ると、弟は居間の続きにある和室に一人でいた。

彼は私の白いワンピースを着て、全身鏡の前に立っていたのだ。

私たちは、弟の姿に驚愕《きょうがく》した。

それは弟も同じだろう。

突然、帰ってきた私たちを見て、大きく目を見開き、絶句していた。

父はそんな弟の姿を見るなり、有無も言わさずに殴りつけた。

鈍い音と共に、弟は畳に膝をつく。

ぽたり、と彼の鼻から血が垂れて、私の白いワンピースと畳に赤い染みをつけた。

『お前は、変態なのか⁉』

父は喉の奥から絞り出すように叫んで、弟の胸倉をつかむ。

次の瞬間だ。

弟は無言で、父の体を思いきり突き飛ばした。

父は簡単に畳の上に転がり、私はそのことにも驚いた。

父は私たちにとって、絶対的に強い存在だった。

だが、いつの間にか弟は、簡単に父を倒せるぐらいの力を身に着けていたのだ。

初めて息子に抵抗された父は、畳の上で呆然《ぼうぜん》とした顔を見せていた。

弟は腫《は》れ上がった顔で、目に涙を浮かべながら、叫んだのだ。

『そうよ、アタシは本当はずっとオネエなのよぉ』

――当時のことを思い出し、私は額に手を当てた。

その後は、大変だった。

父は弟に『出ていけ』と叫び、今度は私が父に向かって叫んだ。

『お父さんは酷い！　なんでそんな酷いことができるの？　お父さんなんて大嫌い！

私も次郎《じろう》も、ずっと我慢していたんだから！』

そんなことで怯《ひる》む父ではない。

私に向かって鬼の形相をしたかと思うと、『それならお前も出ていけ！　もう帰ってこなくていい。学費の面倒を見てもらえると思うな、大学辞めて働け！』と言ってきたのだ。

大学を辞めろ、と言われて一瞬、グッ、と息が詰まった。

父はいつだってそうだ。そうやって相手の弱いところを突いて、支配しようとする。

ただ、正論ではある。私は親の脛《すね》をかじって大学に進学した。

自分でバイトをしながら学費を支払うことはできるかもしれないが、父に支払ってもらった入学金をすぐに返せるわけではない。

『分かった、そうするよ！　大学辞めて働けばいいんでしょ！』

売り言葉に買い言葉だ。

結果的に母が泣きながら仲裁に入り、私は学費の一部を自分で負担するという折衷案で、大学を辞めずに済んだのだけど……。

あれから、何年経つのだろう？

父と会わないままのせいか、時が止まっているのかもしれない。

今もあの日のことを思い出すと、怒りが込み上がってくる。

もう縁を切った、自分の今後の人生に父はいらないと思ってきた。

それはずっと変わらないと信じてきた。

——それなのに、このまま父が亡くなってしまうかもしれない、そうした可能性を前にすると複雑な思いが残る。

3

つくば駅を出発して、約二時間とちょっと。

藤沢駅に着いた私たちは、江ノ電に乗り換え、十五分ほど。

実家の最寄り駅である『鎌倉高校前』に着いた。

「この駅を使うのは、久しぶり」

なんの変哲もない単式ホームの小さな無人駅だ。

だが、この駅からの景色が素晴らしかった。

海が目の前にあり、パノラマに広がっている。

この景観が評判を呼び、『関東の駅百選』に選ばれた、鎌倉の名所の一つだ。

高校生まで、ここで生まれ育った私にとって、慣れた光景だった。

もちろん、気に入ってはいたけれど、遠くからわざわざこんな小さな駅を観にくる人たちの気持ちが分からなかった。

けれど私は今、ようやく遠方より足を運んできていた人たちの気持ちを理解した。

久々に目の当たりにした、ここから望む海。その美しさと大きさに圧倒されて胸が詰まる。

海岸線を縁取るように小さな電車が走っていく。

こんな景色が今も残り、息衝《いきづ》いている。

それがまるで奇跡のように感じた。

愛由も感激したようで、うわぁ、と両手を広げる。

「ずーっと、海だね」

最初は元気だった愛由も、移動の後半はウトウトとしていた。この景色を前に眠気が吹き飛んだようで、目を輝かせている。

愛由が喜ぶ姿に、嬉しさを感じていた。

私は自分が思っている以上に、ここから見る景色が好きだったようだ。

不意に目頭が熱くなり、私はそれを誤魔化すように、愛由の手を取って歩き出す。

「さっ、行こうか」

うん、と愛由は弾んだ足取りで歩く。

駅の裏側が見えるところに差し掛かり、

「後ろはお墓なんだねぇ」

愛由は、意外そうに言う。

「そうだよ、この駅の裏側は墓地なの」

「いつでも海が見られていいね」

そうだね、と私は返しながら、スマホを手にし、母にメッセージを送った。

『駅に着いたよ。病院に行っても大丈夫?』

すると母からすぐに返信が届いた。

『お父さん、検査が色々あってね、私も今日は家に帰るの。だからあなたたちも、家に来てもらえる？』

了解です、と返して、スマホをバッグに入れる。

まだ心の準備ができていなかったので、いきなり病院に行くことにならずに済んで、私は少しホッとした。

「愛由、せっかくだから、海岸を歩こうか」

「うんっ」

駅を出て、階段を下りる。

波の音が穏やかに響いている。

十二月の海岸は、ひと気が少ない。

今日は快晴で、真っ青な空と海がまるでつながっているようだ。

海面は太陽の光に反射して、キラキラと輝いていた。

愛由は私の手を離して、きゃあきゃあ、と嬉しそうに駆け出す。

転ばないようにね、と言おうとして、口を閉じた。

柔らかい砂浜だ。もし転んでも怪我はしないだろう。

愛由が感じるままに、はしゃがせてあげたい。

冷たい潮風も、光る海面も、この場にいるからこそ感じられるエネルギーがある。

愛由は嬉しそうに私の元に戻ってきて、無邪気に訊ねた。

「ママは子どもの頃、この海で遊んだ？」

うん、と頷いて、私は水平線に目を向ける。

「よく遊びにきたよ」

学生の頃は、友達と。小さい頃は、弟と一緒に犬のリンを連れてきていた。

ここに来るとリンは、今の愛由のようにはしゃいで走り出したものだ。

海はいつも景色が変わらないようでいて、そうではない。

四季と共に空や雲の形が変わり、海も違う顔を見せる。

春は穏やかに、夏は楽しく、秋は思慮深く、冬は厳しくも包むように。

「そういえば、夏には花火もしたんだよ」

「ここ、花火をしてもいいの？」

愛由が心配そうに尋ねる。近所では、花火ができるところが限られているためだ。

その顔を見て私の頬が緩む。

「今は分からないけど、私が子どもの頃は、ちゃんと片付けをしたら大丈夫だったよ」

私はそう答えながら、当時を振り返る。

そう、弟と二人で花火をしたものだ。

リンは花火を怖がり、いつも少し私の後ろに座る。

私たちは様々な種類の手持ち花火を楽しむも、最後は決まって線香花火だった。

線香花火だけは、リンも怖がらずに側に寄り添って見にくるのだ。

「懐かしいな……」

「ママ、あの島はなに？」

と、愛由は、海岸線から張り出した島を指差す。

「あそこは江の島だよ」

あの島も懐かしい。よくリンを連れて散歩に行ったものだ。島には猫がたくさんいた。心優しいリンは猫とも仲が良かった。

愛由を江の島に連れて行ってあげたいところだけど、今はそんな時じゃない。

「さっ、お祖母ちゃんのところに行こうか」

そう言って手を差し伸べると、愛由は素直に頷いて、私の手を取る。

階段を上り、海岸から離れる。

私たちの背中には、今も波の音が届いていた。

4

海岸を背に、住宅街を進んでいくと、そこに私の実家があった。

『長谷川《はせがわ》』という表札。私の旧姓だ。

庭はほとんどなく、車一台がやっと停められる程度の駐車場が備わっている。

かつては、常に白いセダンがあったけれど、父も免許を返納したそうで、今はもう車はない。その代わり電動自転車二台と、母が家庭菜園をしているようでプランターがいくつか並んでいる。

「ここが、お祖母ちゃんのおうち？」

そうだよ、と答えて私はインターホンを鳴らす。

だが、返答はなかった。

「お祖母ちゃんは、まだ病院から帰ってきてないみたい」

「おうち入れないの？」

「ママも鍵を持ってるから大丈夫だよ」

あの確執の後、私はこの家の合鍵を母に返そうとした。

だが、母に、『私たちに何があるか分からないから、鍵は持っていてほしい』と言われて、思い留まったのだ。

私は合鍵を使って開錠する。

玄関に足を踏み入れると、懐かしい匂いがした。

微かに仏間から漂う線香、父が好んで常用している金木犀《きんもくせい》の芳香剤、そして母の煮物の香り。それらが交じり合った、『実家の匂い』だ。

「お祖母ちゃんの匂いがするねぇ」

愛由はそう話しながら、玄関を入って右側のドアを開ける。

そこが居間で続きに食堂、居間の奥に和室があった。

居間にはソファーとテーブル、その向こう側に縁側と、大きな窓がある。

弟が生まれる前は外に張り出した普通の縁側だったそうだが、寒いからとリフォームして、今は室内仕様だ。

縁側には、大きな柱がある。

私はその柱に背をもたせかけて、よく本を読んだものだ。

そうしていると、リンがやって来て、ぴったりとお尻を私の体につける。

リン、と声を掛けると、私の方を向いて、機嫌良さそうに『へっ』と笑うのだ。

その様子が可愛くて、私はリンをギュッと抱き締める。

頰に伝わるリンの温かさと毛の感触。

本当に大好きだった。

そんなリンも十三歳を越したころから、あまり動かなくなってきたそうだ。

体調を崩すことも多くなり、年齢的に覚悟をしておいた方がいい、と獣医に言われていた。

リンが危篤だと母から連絡が入ったのは、私が就職した年の暮れだった。

思えば、あの日も十二月だった。

『お医者様が言うには、もう長くないでしょうって。お父さん、今夜は遅くなるみたいだから、帰ってきてあげて』

そんな連絡が、夕方に届いた。

私は具合が悪いと嘘をついて早退し、会社を飛び出した。

だが、遅かったのだ。実家に着くと、リンは既に息を引き取っていた。

すぐには信じられなかった。

リンは縁側に伏せるようにして目を閉じている。いつものように寝ているみたいだった。

リン、と声を掛ける。

いつもならば、眠たげな顔を上げて、にこっと笑ってくれるのだ。

だが、リンは顔を上げない。

手を触れると、まだ温かいけれど、体は少し堅くなっていた。

私の知らない、リンの感触。

その時初めて、リンがもういなくなってしまったのを実感した。

私はもう動かないリンの体にしがみついて、喉の奥から吐き出すように声を上げて泣き崩れた。

ごめんね、ごめんね、と泣きながら体を撫でた。
私が連れてきたのに、最期まで一緒にいられなかったのだ。
一番、一緒にいなくてはならない時に、私は家を出ていたのだ。
「……」
思い出すと、息が苦しくなって、涙が零れそうになる。
——その日、私はひとしきり泣いた後、母にも謝って、泊まらずに実家を後にした。
納骨云々は、また明日来るからと言って。
心身がボロボロの状態のときに、父と顔を合わせたくなかったのだ。
きっと父は、『お前は無責任だ』と私を責めるに違いない。
自分で自分を責めているのに、父に何か言われたら耐えられないと思ったのだ。
真っ暗い空の下、鎌倉高校前駅のホームには、私がたった一人。
電車を待ちながら、冷たい冬の風が、涙で濡れた頬を容赦《ようしゃ》なく突き刺す。
あの時の痛みも、まるで昨日のことのように残っている。
「あっ、お祖母ちゃんだ」
その言葉で、私は我に返った。
窓から母の姿が見えたようで、愛由は玄関へと駆け出す。

「もう、家の中で走らない」

私は愛由の背中に向かって窘めながら、目に浮かんでいた涙を拭った。

「お祖母ちゃん」

「あー、もう来てたのね。いらっしゃい、愛由」

玄関から賑やかな声が聞こえてきて、私は頬を緩ませた。

「純子もいらっしゃい。遅くなってごめんなさいね。買い物して帰ってきたから」

そう言った母の両手には、パンパンに物が詰め込まれたエコバッグがあった。

ふう、と母はダイニングテーブルの上にエコバッグを置く。

「買い物くらい言ってくれたら私がしたのに」

「あら、これは愛由へのプレゼントだもの」

エコバッグの中にはお菓子や玩具が詰め込まれていた。

それを見て、愛由が「うわぁ。『流星エンジェル』だ」と顔を明るくさせる。

「こっちのバッグの中、全部、愛由の物だから見てもいいよ」

母は、エコバッグのひとつを愛由に渡した。

「お祖母ちゃん、ありがとう！」

愛由は、大きなエコバッグを手に縁側へと向かう。

バッグから一つ一つ取り出して、歓喜の声を上げていた。

「お母さん、大変な時なのに……」

「あら、孫が来てくれたんだもの、このくらいさせて」

「それで、お父さんはどうだったの？」

「お父さんね、朝、お茶を飲もうとしたら、手が痺れて茶碗を落としてしまったのよ。上手く喋れなくて……」

「そ、それで？」

「これは危ないって、すぐ救急車を呼んだのよ。早くに対応したのが良かったみたい。もしかしたら、これまで通り体を動かせないかもしれないけど、命に別状はないって。リハビリが大変になるかもしれないけど、何はともあれ良かったわ」

母は心からホッとしたように言う。

「……お母さんも苦労するね」

思わずそうつぶやく。

その小さな囁きは、母には聞こえなかったようだ。

うん？　と訊き返されて、私は、なんでもない、と首を振った。

「さて、今夜は腕を振るうわね」

嬉しそうに言う母に、「私も手伝うね」と笑みを返した。

夕食はすき焼きだった。

愛由は、美味しい美味しい、と目尻を下げながら、

「あしたは、お祖父ちゃんに会えるんだよね」

と、楽しげに話していた。

その言葉を聞くたびに、母は嬉しそうにし、私は複雑な気持ちになる。

食後、愛由は母と入浴し、その後は移動の疲れもあったのか、気が付くと畳の部屋で眠ってしまっていた。

あらあら、と私は慌てて布団を用意して、愛由を寝かせる。

母は台所でヤカンを火にかけながら、そんな私の様子を見て、微笑ましそうに目を細めていた。

畳の部屋には仏壇がある。

きっと母がしたのだろう、そこにリンの写真も飾られていた。

仏壇の端に小さなアルバムが置いてあった。そっと手に取って開くと、リンの写真ばかりだ。

イキイキとしているリンの姿に、じんわりと胸が熱くなる。

お母さん……と、私は静かに洟らす。

「純子、お茶にしましょうか」

はい、と私はアルバムを閉じて、元の場所に戻す。今一度、愛由の体にかかっている布団を確認してから、ダイニングテーブルへ向かった。

「それにしても、お母さんは随分、落ち着いてるね。お父さんが倒れたから、もっと取り乱すかと思ってた」

あら、と母はダイニングテーブルの上にお茶が入った湯呑を二つ置き、椅子に腰を下ろした。

「お父さんが倒れた時は取り乱したわよ。最悪の場合も覚悟したし。命に別状はないって聞いて、もうそれだけで安心しちゃったわ」

そう、と私は相槌をうつ。

あんな横暴な人でも、母にとっては大切な存在なのだろう。

「それに、母親を長くやっていると、色々と図太くなるものよ」

「そうかも。私はまだひよっこだけど、それは少し分かる」

「あなたも、なかなか子どもを授からなくてつらい思いをしたみたいだけど、諦めずにがんばって良かったわねぇ」

「そんなことないのよ」

私は苦い表情で答えて、母の向かい側に腰を下ろす。

「そんなことないって？」

「実は、不妊治療がつらくて、もう諦めてたの」

「そうだったんだ……」

メンタルにも経済的にも厳しかったのだ。

「私が『なんとしても子どもを作らなきゃ』って気持ちになってたのは、お父さんの『呪い』のせいだったんじゃないかとも思えて……」

私の言っていることがよく分からないようで、母は目をぱちりと開いた。

「お父さん、よく『女は早く結婚して、子どもを産んでこそだ』ってことを言ってたでしょう？」

すると母は、ああ、と頷く。

「お父さんのモラハラ言動のひとつひとつが呪いみたいに残ってて。お父さんの呪いのせいで必死になってるのかなと思ったら、馬鹿らしくなって治療をやめて、全部、諦めたのね」

あの頃、私は疲れ切っていた。

夫に『治療をやめようか。僕たち随分がんばったよ』と言われた時、肩の力が抜けた。

夫婦二人で生きていくのも、素敵だと思ったのだ。

諦めるというのは、認めることでもある。

それからは、小さな子どもを見ても、胸が騒がなくなった。

もし縁があったら子どもを授かれたらいいなぁ、というくらいの願望に変わっていた。

それは以前のような必死さとは違う、執着のない想いだった。

「そうしたら、愛由を……」

私は頬杖をついて、愛由に目を向ける。

愛由を授かった時、私は呆然としてしまった。

ずっとずっと待ち焦がれた奇跡だったというのに、いざその時になると信じられなくて……。

もしかしたら、夢が叶った時というのは、そういうものなのかもしれない。

そうだったの、と母は目を伏せてつぶやく。

「呪いになってたなんて、ごめんなさいね」

「お母さんが謝ることじゃないよ。お母さんこそあんなお父さんで大変だったのは、よく知っているし」

そう言うと母は、首を振る。

「そうじゃなくてね、純子……」

母が何かを言いかけた時、スマホがブルルと振動した。

今電話できる？　と夫からのメッセージが画面に表示される。

母は察した様子で立ち上がる。

「それじゃあ、お母さんも寝るから」

「うん、お休みなさい」

母が居間を出た後、私は夫に電話を掛けた。

「――あ、ごめんね。連絡できてなくて。お父さん、とりあえずは大丈夫みたい」

『明日はお見舞いに行くんだよね？』

もちろん夫は、私と父の関係を知っている。窺うように問いかけられ、私は一瞬、言葉を詰まらせた。

「うん。愛由がお祖父ちゃんに会いたがっていてね……正直、私自身は会いたくないんだけど、親の勝手な都合で、もうこれ以上、愛由から祖父を奪いたくもないし」

それならば、私は留守番をし、母に連れて行ってもらっても良いのだが、父が愛由に何を言うか分からない怖さがある。

そっか、と夫は息を吐くように言った。

私の気持ちを察してくれているような、どこかホッとしているような、そんな言葉だった。

『久しぶりの鎌倉はどう？　星とかよく見えるのかな？』

あえて話題を変えてくれた彼の優しさに、私は頬を緩ませた。

「星？　どうだろう……。つくばと変わらないんじゃないかな？」

つくばも十二時を過ぎると、ギラギラするような星空を望むことができる。

他愛もない話をして電話を切り、テーブルの上の茶碗を片付けた。

入浴前に水を飲もうと冷蔵庫を開けると、牛乳がないことに気が付いた。

愛由は朝、牛乳を飲みたがる。

それに久々に実家に帰ってきているのだから、朝食くらい作ってあげたい。たとえばフレンチトーストとか……。

「コンビニに行ってこようかな」

私はジャケットを羽織って、家を出る。

しっかりと鍵を掛けた後、静かな住宅街を歩いた。

外はひんやりとして冷たいものの、身を縮ませるほどでもなく心地いい。

空を見上げるも、普通の夜空だ。

「海岸まで行ったら、どんな感じかな？」

こんな時間に海岸は、危ないだろうか？

とりあえず、駅の方まで行ってみよう。

懐かしさを噛みしめながら、夜道を歩く。

海岸が見えるところまできて、私は首を伸ばした。

江の島の方向の砂浜に、ぼんやりと明かりが見える。

目を凝らして確認すると、それはどうやらワンボックスカーのようだ。
「なんだろう……」
石段を下りて、砂浜に出る。
寄せては返す、静かな波の音。
夜空には、半分の月が浮かんでいて、その下にトレーラーカフェがあった。
車の前には『満月珈琲店』という看板、一台のテーブルセット。
うん？　と私は目を凝らした。
あのトレーラーカフェは、つくばの公園にも来ていた。
「こんなところにまで来てるんだ」
テーブルの上には、黒猫が乗っていた。
長い尻尾が、波の音に合わせて振り子のように揺れている。
黒猫は振り返り、私を見て、みゃあ、と鳴いた。

5

夢を見ていた。
海岸にトレーラーカフェがあり、黒猫が私に話しかけている。

ふと、後ろを見ると、幼い頃の私と弟、愛犬・リンの姿があった。
私たちは線香花火をしていた。
線香花火は、パチパチと火花を散らしている。
どうしてなのだろう。
私は胸がいっぱいで、泣いていた。

「ママ、大丈夫？」
その声で私は、目を開けた。
愛由が心配そうに私を覗き込んでいる。
縁側の窓から、眩しい朝陽が差し込んでいた。
あれ、と私は眉根を寄せる。
昨夜、私は海岸に行って、トレーラーカフェを見付けたのだ。
その後の記憶がない。
夢の中で泣いていたが、現実にも涙が流れていたようだ。
流れ落ちた涙で、目尻とこめかみが濡れている。
「ママ、お腹痛い？」
愛由は、母を案じて目を細めている。

その姿が愛しくて、ギュッと抱き締めた。

「ううん、夢を見ていたの」

「悲しい夢？」

「覚えてないんだけど……」

悲しい夢ではなかった気がする。

さて、と私は体を起こす。

「お腹が空いたでしょう。今朝は、ママが作ろうと思ってたんだ」

私はそう言うなり、ハッとして台所の方に目を向けた。ダイニングテーブルの上には、
昨夜私がコンビニで買ってきたのであろう、食パンがあった。

「……やっぱり、買い物には行ったんだよね」

立ち上がって食パンを手にする。

そのまま冷蔵庫を確認すると、牛乳も入っていた。

「ママ、どうしたの？」

ううん、と私は首を振った。

「フレンチトースト、作ってあげるからね」

わあい、と愛由が諸手を上げる。

その時、おはよう、と居間の扉が開いて母が入ってきた。

「あら、フレンチトーストを作ってくれるの？　嬉しいわねぇ」

「お祖母ちゃん、おはよう。今日はお祖父ちゃんのところに行けるんだよね？」

「そうよぉ。よろしくね。タクシーで行きましょうね」

そんなやりとりを見て、私は複雑な心持ちで息をつく。

だが、昨日とは違って、重苦しい気分ではなかった。


電話で面会できるか確認を取ったうえで、私たちは病院に向かった。

藤沢市の大きな総合病院だ。

タクシーを下りて、ロビーに入る。

病院嫌いの愛由も、嬉しそうに足を弾ませていた。

「愛由ってば、いつもは病院を嫌がるくせに」

「だって、愛由が注射されるわけじゃないもん」

そんな愛由に、母は頬を緩ませる。

病室に向かう道すがら、ばくばくと私の心臓は嫌な音を立てていた。

父に会うのは何年振りだろうか？

『長谷川達夫《たつお》』

扉の前にある父の名前を目にし、ギュッと胸が痛くなった。

どうやら父は個室にいるようだ。

母は簡単にノックをして、返事も待たずに扉を開けた。

「来たわよ、調子はどう？」

「……ああ、大分マシだな」

そんなやりとりが聞こえてくる。

私は通路に佇み、動けずにいた。

だが、愛由はというと躊躇もなく、病室に入っていった。

「こんにちは、お祖父ちゃん。はじめまして、市原愛由ですっ」

元気いっぱいに声を上げる愛由に、私はギョッとして病室を覗く。

父はベッドを四十五度上げていて、ゆったりと座っていた。

大きな体軀をしているイメージだったが、細くなっていて、随分と小さくなったように感じる。

父は愛由を見て、大きく目を見開いていた。

「ほら、お父さん、愛由よぉ。可愛いでしょう」

母は目に涙を浮かべながら、嬉しそうに愛由の頭を撫でる。

父は一瞬目を細めるも、扉の前にいる私の存在に気付いたようで急に表情を曇らせて、顔を背けた。

「……ああ」

ちゃんと挨拶をした愛由に対して、その一言だけだ。

そうなのだ。父はこういう人間だ。

私の中に怒りが込みあがる。

だが、愛由本人は気にも留めていないように、ベッドに向かって歩み寄る。

「お祖父ちゃん、昨日はお菓子とおもちゃ、ありがとう」

えっ、と父は顔をしかめる。

「袋に愛由の好きなものがいっぱい入ってて、嬉しかったんだよ」

そう続ける愛由に、父は戸惑ったように、母を見た。

「お前、言ったのか？」

言ってませんよ、と母は首を振る。

そのやりとりを見て、分かった。

あのお菓子と玩具は、父が『愛由が来るなら何か買っておいてやりなさい』と母に伝えていたものなのだ。

普通の人よりも敏感な愛由は、あのプレゼントが母からだけではなく、父の気持ちも入っていることに気付いたのだろう。

「愛由ね、今、『流星エンジェル』にハマッてるの。お祖父ちゃん、知ってる？」

「あ、いや……」

「すっごく可愛いの。愛由は、星の子が好き」

構わず話を続ける愛由に、父はぎこちなく相槌をうつ。

それはとても微笑ましい光景だった。

その姿に、私は混乱していた。

「……愛由、ママ、何か飲み物を買ってくるから」

私は居たたまれなくなって、その場を離れた。

自動販売機があるコーナーに行くと、そこは休憩所になっているようで、ベンチが並んでいた。

私は誰もいないベンチに腰を下ろして、ふぅ、と息をつく。

すると心配になったのだろうか、母がすぐに顔を出した。

「純子、大丈夫？」

私は母の顔を見るなり、自分の顔が歪むのが分かった。

「えっ、なにあれ？　あんなに横暴で酷い人間だったのに、今ではすっかり歳を取ってしまって、孫の前では、不器用なおじいちゃんになっちゃってるってわけ？」

いきなりそんな姿を見せられても受け入れられない。

私が俯くと、母はそっと隣に腰を下ろした。

「お父さんは、若い頃から不器用なだけだったのよ」

私が何も言わずにいると、母は話を続けた。

「それに、今にして思えばね、お父さんは、いつだって悪者になってくれていたのよ」

「……どういうこと？」

「真紀《まき》ちゃん、覚えてる？　あなたがとても懐いていた」

「あ、うん。近所に住んでいた真紀ちゃんだよね？」

真紀ちゃんとは、斜め向かいの家に住むお姉さんだった。英語が堪能な大学生で、とても優しく物知りであり、幼かった私は彼女に憧れていたのだ。

「そう、その真紀ちゃん。仕事で認められて海外に行っちゃったのよ。真紀ちゃんのお母さんは本当に寂しがっていてね。私も、『純子も真紀ちゃんのように仕事に夢中になって、海外まで行ってしまったら誇らしいけど、寂しいわねぇ』って、お父さんに話していたのよね。そうしたら、お父さんも焦っちゃったのね……純子には、側にいてほしかったのよ」

私は一瞬、言葉を詰まらせた。

「でも、そんなレベルじゃなかったよね？　お父さん、いつも酷いことを言ってたじゃない。リンが家に来る時だって……」

『犬の寿命なんて短いんだ。すぐに死んでしまって、悲しむのはお前なんだぞ』

父の言葉を思い出し、私は下唇を噛む。

「お父さんは、犬を前に無邪気に喜ぶあなたの姿を見て、不安に思ったのよ。ペットはどうしても先に亡くなってしまうから。だから、『犬の寿命は人間よりも短い。先に旅立ってしまう』という事実を覚悟してもらいたかったのよ」

思いもしないことに、目眩を感じた。

「えっ、何それ。それにしても、そんなことわざわざ言わなくていいじゃない。どんなに覚悟したって、その時を迎えたら悲しむんだから」

そうよね、と母は苦笑する。

「お父さんも子どもの頃に犬を飼っていて、亡くしてしまって悲しんだ経験があるそうなのね。だから、言わずにいられなかったのね。不器用な人なのよ」

さっきから不器用って……、と私は顔をしかめる。

「そんな言葉じゃ済まされないよ。特に次郎に対してなんて見てられなかったよ」

「そうね。純子にもそうだったけど、特に次郎には厳しく言い過ぎたわよね」

うん、と頷く。私なんて序の口だ。私は弟が気の毒でならなかった。

「でも、お父さんなりに次郎を思ってのことだったのよ。次郎は繊細な子だったから、世間に出ても耐えられるようにって厳しくしてしまっていたの。お父さんの父親……お祖父ちゃんもとても厳しい人だったから、そうするものだと思ってしまっていたのよね」

私の祖父は、幼い時に亡くなっているので、ほとんど覚えていない。

とても厳しい人だったという話は聞いたことがあった。

「お父さんね、若い頃、本当はカメラマンになりたかったの。だけど父親に反対されて、お堅い仕事に就いたのよ。それでも結果的に幸せだったみたいで、親の言うことは正しかったと思っているのよ。だから、そうしたものを次郎に押し付けちゃったのよね……」

「えっ、お父さんがカメラマンに？」

初耳であり、私は思わず身を乗り出す。

「そうよ。ほら、仏壇に置いてあったあのアルバム。あのリンの写真は全部お父さんが一眼レフで撮ったものなのよ。あなたが出て行った後に、リンの世話をしたのは、私よりもお父さんなのよ」

ドキドキと心音が強くなる。

「純子が言ったように、不器用って言葉では済まされない言動も多くあったわよね。それはお父さん自身も認めているのよ。だから、あなた方に嫌われてしまったのも、甘んじて受け止めていたの。それでも、陰ながら二人をサポートしていたのよ」

それは心のどこかで感じていた。

大学の学費、結婚した時、出産した時、母が色々と力になってくれた。

それは、父の言葉添えもあったのだろうと。

認めたくはなかったけれど……。

私が苦い表情を浮かべていると、母は小さく息をつく。

「ずっと口止めされていたんだけどね」

なに？　と、私は母を見る。

「リンが危篤の時、お父さんが、仕事で遅くなるって言ったのは嘘なのよ」

「嘘？」

「『純子を呼んでやれ』って。『俺はその間、家を離れてるから』って……」

私は絶句して、目を見開いた。

「……あなたがつらい思いをしてきたのは知ってるわ。でも、お父さんもつらかったのよ。それは分かってあげてほしいの」

それだけ言って、病室に戻るわね、と母は腰を上げて、その場を後にした。

私は、呆然と母の後ろ姿を見送っていた。

混乱して、頭が真っ白だ。

父は横暴で、モラハラな、今でいう『毒親』だったのだ。

許されない存在だったのだ。

今さらそんなことを言われたって……。

そう思った瞬間だ。

どこからか、波の音が聞こえてきた気がした。

同時に、昨夜の出来事が鮮やかに脳裏に蘇る。

*

——夜の海の上に浮かぶ、半分の月。

砂浜に『満月珈琲店』というトレーラーカフェがあった。

テーブルの上にいた黒猫が、私の気配に気付いたのか、くるりと振り返る。

『いらっしゃいませ。お待ちしておりました』

黒猫が喋った驚きは、あまりなかった。

夢を見ているような感覚だった。

それよりも、気になったのはその言葉だ。

『お待ちしていましたって？』

『前に、うちのマスターが、「近いうちに、またお会いすると思います」とお伝えしたでしょう？』

黒猫はそう言って、紫色の目を細める。

そのままテーブルの上に置いてあった『RESERVE』という札を取り、どうぞ、と席を勧めた。

私のために設けられた席だったようだ。

何もかもが不思議な気持ちで、椅子に腰を掛ける。

ふと夜空を見上げると、美しい星空が広がっていた。

うわぁ、と声が洩れる。

冬の星座が瞬いているのに、さっきまでの寒さは感じない。

寄せては返す波の音は、このカフェのBGMのようだ。

夜空を仰いでいると、トレーラーから大きな三毛猫のマスターが出てきた。

彼のことは、よく覚えている。

マスターは、私の前に来て、にこりと微笑んだ。

『あらためまして、「満月珈琲店」には、決まった場所はございません。時に馴染みの商店街の中、終着点の駅、静かな河原と場所を変えて、気まぐれに現われます。そして、当店はお客様にご注文をうかがうことはございません。私どもが、あなた様のためにとっておきのスイーツやフード、ドリンクを提供いたします』

はい、と私も笑みを返す。

『お客様には、こちらのドリンクを……』

と、マスターは私の前に少し大きめのコップを置いた。

それは、取っ手のない壺のような形をした、透き通ったグラスだ。

その中に紅茶と氷、そして線香花火が、パチパチと火花を散らしていた。

『「線香花火のアイスティー」です』

えっ、と私はグラスに顔を近付けて、液体の中で瞬く線香花火を凝視する。

これは一体、どういう仕組みなのだろう？

『花火が弾けるように茶葉と想い出を抽出します。火花が散り、最後の塊が落ちたら飲み頃となりますので』

そう言って大きな三毛猫は、私の前にストローを置いた。

『茶葉と想い出を抽出……』

ロマンチックな言い回しに、私は、ふふっ、と口許を緩ませる。

紅茶の中で弾ける琥珀《こはく》色の火花が奇跡のように美しい。

私はしばし我を忘れて、グラスの中に見入っていた。

背後からワイワイと声が聞こえてきて、私はそっと振り返る。

男の子と女の子、二人の子どもが花火をしていた。

線香花火だ。

女の子の側には、柴犬っぽい犬が寄り添っている。

ごくりと私は、喉を鳴らした。

あれは、かつての自分たちだ。私と弟、そしてリンの姿――。

小学生の頃、夏になると、ああやって花火をしていた。

そんなかつての私たちの後ろに、一人の人影があった。大人の男性のようだ。

何も言わずに、一歩離れたところで子どもたちを見守っている。

――父だった。

花火が終わって、私たちが立ち上がると、父は何も言わずに後始末をし、先導するように歩き出す。

私はリンのリードを手に、弟と共に父の後を歩いていく。

そうだった。どうして忘れていたんだろう。

私は、これまで父の嫌なところばかりを思い返していた。

こうして素敵な思い出に寄り添っていてくれたことをすべて排除していたのだ。

カラン、と氷が鳴った。

紅茶の中の線香花火の灯が、ぽたりと落ちる。

同時に、子どもの頃の私たちの幻影は、煙となって消えていった。

私は狐につままれたような気持ちで、ストローを手にし、『線香花火のアイスティー』

を一口飲む。

濃厚だけど渋くはない。ほのかな甘みは蜂蜜だろうか？

口に広がって、目頭が熱くなる。

『……美味しい』

私が静かに洩らすと、『良かったわ』と、声がした。

顔を上げると、いつの間にか向かい側の椅子に黒猫が座っていた。

私は驚きながらも、少し前のめりになる。

『あの、この席、私のために予約していてくれたんですか？』

ええ、と黒猫は頷く。

アメジストのように美しい紫色の瞳が、きらりと輝いた。

『どうして私が来るって分かったんですか？　もしかして私が知らない間に予約をしていたんですか？』

黒猫はそっと首を振る。

『この席を予約したのは、あなたじゃない。もう二十一年前になるけど、いつかあなたが来たらお願いします、と頼まれていたのよ』

誰に……、と聞こうとして、私は口を噤んだ。

私の脳裏にその姿がハッキリと浮かんだのだ。

『――リンが？』

黒猫は、ふっ、と笑う。

『あの子の名前は、輪廻の「リン」なんですってね。良い名前ね』

私は胸を熱くさせながら、ありがとう、とはにかむ。

リンは旅立つ前に、私のことをお願いしていった。

そう思うと、不思議な気持ちになる。

『今度、我が家に新たに犬を迎えるんです。その子の名前も「リン」に決まって……。もしかしたら、本当に生まれ変わりだったりして。なんて、夢物語ですよね』

独り言のように言って、今のこの状態こそ夢物語ではないか、と私は小さく笑う。

すると、黒猫は微かに目を細めた。

『生まれ変わりは本当にあるものよ。あなたも以前、前世から引き継いだ力についての話を聞いたでしょう？』

以前、占いコーナーで出会った金髪の女性を思い返し、私は戸惑いながら、はい、と頷く。

『それまで積んだ徳を持って人は生まれ変わる。けれど、人とは思えない獣の所業をした者は動物に生まれ変わってしまう場合もある。そして、その逆もあるの』

『動物が、人に生まれ変わることがあるんですか？』

ええ、と黒猫は頷く。

『人にうんと愛された動物は、人に生まれ変わることができるわ。もちろん、自身が望んだらの話だけど。だから、人に生まれ変わる動物は、ペットだった子が多い』

そんなことがあるのか、と私は黒猫を見つめた。

『あなたは、どうして、ペットが人に生まれたいと思うか分かるかしら？』

『それは、人間の生活を見ていて、羨ましかったから？』

すると黒猫は小さく笑う。

『たいていのペットはそんなこと思わないわよ。人間は大変そうだもの』

そうかも、と私は肩をすくめた。

『それでも、人に生まれたいとペットが思うのは、自分のためではなく、愛する人を助けたいという想いからなのよ。だから最初から徳が高くてね、普通の人にはない特別な力を持って生まれてくることが多いのよ。私たちは、そうした尊い存在を「星の子」と呼んでいるわ』

『そうなんですね……』

それじゃあ、もしかしたら、リンも人に生まれ変わっているのだろうか？

心の中でつぶやくと、

『そうね』

黒猫が頷いた。

えっ、と私は顔を上げる。

その時だった。

「——ママ」

愛由の声に私は、我に返る。

顔を上げると、愛由がひょっこりと休憩所に顔を出していた。

まっすぐに、私に向かってやってくる。

あの夜の、黒猫の声が頭の中に響く。

『あなたが家族にたくさん愛されたあの子は、人に生まれ変わって、あなたと家族を助けたいと強く願っていたわ』

私の中で線香花火の火花が、弾けた気がした。

「愛由っ！」

この子は生まれ変わって、私を助けにやってきてくれた。

私が子どもを授かれないと苦しんでいたこと、家族がバラバラになってしまったのを見兼ねて、助けに来てくれた。

「ありがとう、愛由。来てくれてありがとう」

私は愛由を強く抱き締める。

「迷っちゃってたの？」

愛由はきょとんとして私の顔を覗いた。

愛由の小さな額に、私の額をこつんと合わせる。

「うん……迷ってた」

本当に、迷っていた。

いや、迷うことすらしていない。

動けずにいたのだ。

私はなんて、弱かったのだろう。

不満があるなら、ちゃんと父と向き合うべきだったのだ。

しっかり喧嘩《けんか》する必要があった。

お互いの意見をぶつけ合うべきだったのだ。

私は父が怖くて、いじけて、逃げていただけだった。

「でも、もう大丈夫だよ。行こうか」

私は愛由の手を握って、立ち上がる。

「こっちだよ」

愛由は、私が病室を分からなくなったと信じているようで、懸命に誘導する。

その姿が微笑ましくて、頬が緩み、背中に向かって声を掛けた。

「……ママね、愛由の前世が分かった気がするの」

愛由は目を輝かせて、「わっ、なぁに？」と振り返る。

「愛由はね、『天使』だったと思うの」

「パパもいつも『天使』って言うよ。サトちゃんは『親バカ』って言ってる」

期待していた答えではなかったようで口を尖らせる愛由に、私は小さく笑った。

病室に入ると、父が気まずそうに私を見た。

さっきまでオドオドしていたけれど、今は違う。

私の気持ちは、凪《なぎ》のように落ち着いている。

これまで、もし父に再会することがあったら、謝ってほしい、と思ってきた。

いざ、対面すると、謝るのは私の方だろうか、などと思っているから、不思議なものだ。

だけど、すべては、お互いさまで、今さらの話なのかもしれない。

「……倒れたって聞いてビックリしたけど、大事にならなくて良かったね」

私がそう言うと、父は大きく目を見開いた。

父は何かを言おうとして、口を閉ざす。

泣くのを堪えているのだろう、みるみる顔が紅潮していった。

父は顔を背け、ぽつりと口を開いた。

「そうは言っても、リハビリしないと満足に動けないそうだ。迷惑なだけだ」

すると愛由が身を乗り出した。

「そしたら、リハビリ、がんばらないと駄目だねっ」

えっ、と父は動きを止める。

「愛由も夏になったら、海で花火をしたいから」

父はふるふると体を小刻みに震わせる。

ああ……、と聞こえるか聞こえないか程度の声で洩らした。

まあまあ、と母は口に手を当てる。

「孫に言われたら敵《かな》わないわね。リハビリがんばらないと」

父は、ぶすっとした様子で目をそらしている。

昔は、こうした父を理解できなかった。

どうしていつも不愛想なんだろう、とビクビクしながら不愉快に思っていた。

けれど、今なら照れているだけなのだと分かる。

「……」

私もいつの間にか、親を客観的に見られる大人になっていたのだ。

「そうそう、お父さん……」

母が何かを言いかけた時、開放されたままの扉を誰かがノックした。

皆は一斉に、扉の方に視線を送る。

そこには四十代前半の男性が立っていた。細身で顎に髭《ひげ》を生やし、緩くパーマがかかった長めの襟足の髪を無造作に後ろで一つに結んでいる。ジャケットにジーンズというラフなスタイルだが、センスのある出で立ちだ。

「……次郎」

弟の次郎だった。

彼は、ぺこりと会釈をして、病室に入る。

「お父さん、大丈夫みたいね」

父は戸惑った様子ながらも、まぁな、と答える。

「色々思うことはあったけど、こうなると心配しちゃったわ」

次郎はそう言って、いたずらっぽく笑う。

あの日の確執以来、次郎はずっとオネエ言葉だ。それは今も変わらない。

愛由は、だあれ？　と小声で私に問う。

次郎は『アタシみたいなのが、会っちゃ駄目でしょ』と愛由に会うのを避けてきたのだ。

「ママの弟の次郎叔父さん」

するとと次郎は、あー、と額に手を当てた。

「オジサンって言われちゃうの、こたえるわぁ」

だが愛由は気にも留めずに、次郎の前まで言って元気に挨拶をする。

「はじめまして、市原愛由です」

「やだ、愛由ちゃん。実は『はじめまして』じゃないのよ。あなたが赤ちゃんの時に会ってるんだから」

次郎は、愛由の額をつんと指で突いた。

「覚えてないもん」

「そうよねぇ。ちなみにアタシのことは、次郎ちゃんって呼んでね。『オジサン』って呼んじゃ駄目よ」

次郎は、あはは、と笑って、愛由の頭を撫でた。

父は小さく咳《せき》ばらいをして、目をそらしたまま、

「次郎」

と、呼びかける。

はい、と次郎は、父の方を向いた。

「結婚するんだってな?」

父が倒れたニュースで頭から離れていたけれど、次郎の結婚報告に私はびっくりしていたのだ。

両親が知っているのかどうか分からなかったけれど、どうやら私よりも先——父が倒れる前に報告が行っていたようだ。

次郎の相手は同性だろうし、男女の結婚の体《てい》とは違う。私以上に両親としては衝撃的だっただろう。

もしかしたら、父が倒れた原因の一つなのではないか、と懸念してしまう。

次郎は、ええ、と頷く。

そうか、と父は洩らした後、口を開いた。

「俺はお前が生涯一人なんじゃないかと心配していた。人生、寄り添ってくれる人ができたなら、少しは安心だ」

父の言葉に、私は驚いた。

それは次郎も同じだったようで、目を大きく見開いて立ち尽くしている。

「やだな、ビックリしちゃった。お父さんがそんなこと言うなんて」

目に浮かんだ涙を誤魔化すように次郎は軽く笑って、自分の体を抱き締める。

「実はね、アタシの婚約者、来てくれてるの。会ってもらえるかしら？」

次郎はそう言って、扉の方を向いた。

私たちは、思わず顔を見合わせる。

「いや、次郎。いきなり衝撃が強すぎるのは……」

話に聞くのと、実際会うのとは、まったく違っている。

今は避けて、少しずつ慣れてからの方がいいのではないだろうか？

あたふたする私に、父は小さく笑った。

「ここまで来てもらってるんだろう？　入ってもらいなさい」

家族が断絶していた期間、誰よりも変わったのは父だったようだ。

子どもたちと疎遠になり、長年勤めあげた職場を離れた父。自分を見詰め直す時間が私たち以上にあったのかもしれない。

次郎は、ありがとう、と微笑んで、扉に目を向ける。

「待たせてごめんなさいね。入って」

次郎の呼びかけを受けて、二十代後半の女性が病室に入ってきた。

紺のスーツを纏い、見舞いの果物の籠を手にしている。

とても聡明そうな女性であり、どこかで見たことがある顔だった。

愛由が、うわあ、と声を上げた。

「『流星エンジェル』を作った人だ！」

そうなのよ、と次郎が頷く。

「彼女は中山明里さん。テレビ制作会社のプロデューサーをしてるの。愛由ちゃんが言ったように『流星エンジェル』も担当してるわ」

彼女はずいぶん緊張しているようで、顔を強張らせながら、

「は、はじめまして、中山明里と申します」

ぎこちなく頭を下げた。

私たちは、呆然としながら頭を下げ返す。

父はぽかんと口を開いていて、母は、あらあら、と頬に手を当てた。

「次郎はオネエだから、てっきりお相手は男の方なのかと思っていたわ。だから私もお父さんも、そういう覚悟してたくらいでね」

思ったことをそのまま口にした母に、私も父もギョッとした。

すると次郎は、あはは、と笑う。

「実はね、彼氏がいたこともあるのよ」

そう言うと今度は、明里さんが、えっ、と驚いたように次郎を見た。

「でも、次郎さん、前に『心はオトコ』って」

「そう、あの時はね。実は自分が分からなくて、ふらふら迷ってたことがあるのよ。でも、四十も過ぎた頃、男とか女とか、そういうんじゃなくなってきたのよねぇ。あくま

でアタシの場合だけど。彼女はこの通り、頭が良くて仕事ができて、とっても綺麗。非の打ち所のないエリート女子よ。そんな彼女にとってアタシみたいなのはハッキリ言ってタブーみたいな存在よね。だけどこんなアタシを丸ごと好きだって言ってくれたのよ。そんなの、一生護《まも》るって思っちゃうじゃない」

そう言い切った次郎に、私と母は口に手を当て、明里さんは真っ赤になって俯いた。

父はそっと口角を上げ、明里さんの方を向く。

「明里さん、次郎をどうかよろしくお願いいたします」

明里さんは、しっかりと父を見詰め返し、

「はい。こちらこそ、よろしくお願いいたします」

深々と頭を下げた。

私が胸を熱くさせていると、愛由がそっと手を握ってきた。

視線を落とすと、愛由は満面の笑みで、私を見上げている。

「ママ、良かったね」

ほろり、と私の目から涙が零れた。

うん、と頷いて、愛由の頭を撫でる。

愛由は、すぐに明里さんの元に駆け寄り、自分がいかに『流星エンジェル』が好きなのかを伝えた。

それを終えると、今度は、家に犬がやってくる話をする。

名前を『リン』に決めたことも含めて。

次郎は、へぇ、と腕を組んでいた。

バラバラだった家族が、今、ひとつの空間で笑い合っている。

この場にいて、自分がどれだけこの光景を望んでいたのか、ようやく気付くことができた。

皆の中心で愉しげに話す愛由の姿に、かつてのリンを想う。

ありがとう、と私は心からつぶやいた。

エピローグ

星々は幾千年も前から変わらずに瞬いているも、地上では様々な想いが人生を織りなしている。

喜びも悲しみもあり、誤解やすれ違いもある。

星の遣いは、少しでもそんな人々を救いたいと懸命だ。

仕事を終えた星の遣いたちはクリスマスイブの夜、朝倉彫塑館の屋上で、忘年会を続けていた。

「純子さんたち一家も、きっと素敵なイブを迎えているんでしょうね」

私・金星《ヴィーナス》は、そうつぶやき、『流星群のポップコーン』を口に運んだ。程よい塩気とキャラメルソースの甘さがたまらない。私たちの宴会には欠かせないメニューのひとつだ。

目を瞑ると、出会った人たちの姿が瞼の裏に浮かび上がる。

彼女の家に、リンという名の新たな家族が加わっている。

倒れた父は体が少し不自由になったものの、すぐに退院できてリハビリを兼ねて、孫の顔を見に行っている。

イブは、皆が揃ってパーティをしているようだ。

聡美さんは、彼氏と素敵な時間を過ごしているようだし、小雪さんはケーキを持って、実家に帰ったことだろう。とてもすっきりした表情を浮かべている。彼女は、新たな扉を開けたのだ。きっと、これからうんと素敵なことがたくさん起こるだろう。

私は目を開けて、そうそう、と洩らす。

「小雪さんもそうだったけど、純子さんも月星座が魚座だったのよね」

側にいた月が、そうね、と頷いた。

太陽星座に比べて、月星座はその力を前面に出せないという話をしたばかりだった。

「実はね、未熟な月星座にこそ、『自分の本当の願い』のヒントが隠されているものなのよ」

私はルナの言っていることが良く分からず、小首を傾げる。

ルナは、ふっ、と口角を上げた。

「そもそも、『魚座』というサインは寛容で癒しを与え、『赦す』ことが得意でしょう」

そうね、と私は相槌をうつ。

「太陽星座・魚座さんは寛容な方が多いものよね。それは他人に対してだけじゃなく、自分に対しても……」

そこまでつぶやき、そうか、と私は目を見開いた。

「でも、月星座が魚座だった小雪さんや純子さんは、『赦したい』という気持ちが強くあるのに、上手くそれができなかったんだ」

彼女たちの本当の望みは、『赦すこと』。

それが上手くできずに、苦しかったのだ。

ええ、とルナは頷いた。

「月星座が魚座の人は『赦したい』と人一倍思うのに、それができなくてこじらせてしまう場合があるの」

「そういう場合は、どうしたらいいのかしら？」

「それはやっぱり、まずは自分を赦すことね。人を憎んでしまう妬んでしまう、誰かを赦せずにいる自分を赦してあげる。そうするとこの世の理《ことわり》のすべては鏡で、すべての始まりは自分だから、自分を赦すことで、他人も赦せるようになったりするのよ。だけど、それに気付かず、堂々巡りをしてしまう。まぁ、これは、月星座・魚座さんに限らずだけど」

ルナは皮肉なものね、と自嘲気味に笑う。

でも、と私は微笑む。

「そんな彼女たちも、自分を赦せたわ」

「そうね。本当におめでたいわね」

本当に、と私は夜空を仰ぐ。

『満月珈琲店』がオープンするのは、基本的に満月と新月の夜。

今日はイブの特別開店ということで、空に浮かんでいる月は欠けている。

いつも真円を描いている月の姿ばかり見ているので、少し不思議な気持ちだ。

ルナが言った、月は未熟だというのは、こうして形を変える不安定さからも来ているのかもしれない。

また、月は太陽の光が当たることで、ようやく輝けるのだ。

「――あ、そうか」

私は月を見上げながら、ぽつりと洩らす。

「どうかした？」

「分かったの。月星座の秘密が」

えっ？　とルナが眉根を寄せる。

「不安定で未熟だからこそ、そこに光を与えることで輝けるのね」

「えっ？」

「たとえば月星座が魚座の人は、太陽星座・魚座の人には敵わない。だからその部分にコンプレックスを持っている。だけど、だからこそ、そこに光を当ててあげるの。そうすると、『自分の本当の願いごと』に気付くんじゃないかしら」

私がそう言うと、ルナは大きく目を見開いた。

光を当てる。

その方法は、人によって違うだろう。

自分を赦すことだったり、認めてあげることだったりするのかもしれない。

強烈な太陽の光に目をそらしつつ、それでも憧れていた月の心は、太陽の光に当たることで輝けるのだから……。

ルナは、そうかもね、と目に浮かんだ涙を隠すように、顔を背けた。

そんな私たちの間に木星《ジユピター》がやってきて、

「素敵な夜ね。もう一度乾杯をしましょう」

私たちの肩を抱きながら、グラスを掲げた。

すると土星《サートウルヌス》が、呆れたように肩をすくめる。

「君は本当に、『乾杯』が好きだな」

「そりゃあ、楽しい気持ちで『乾杯』ができるって、幸せなことだと思うもの。そう思うわよね」

そうね、とルナが静かに同意した後に、サートゥルヌスの方を見た。

「サーたんなら、『乾杯』より『献杯』の音頭を取っていそうだものね……」

「ルナ、冷静な君まで、わたしをそんな風に……」

ごめんなさい、とルナは、ふふっと笑う。

いつもクールな表情を見せているルナの笑顔に、私たちは嬉しくなる。

「本当に乾杯しましょう。そうだ、その前にジュピター、ルナが飲んでいる『バイオレットフィズ』の酒言葉を教えて？」

ジュピターは、いいわよ、といたずらっぽく笑い、ルナの持っているグラスの側面に人差し指を当てる。

「この美しい紫色のカクテルの酒言葉は、『私を覚えていて』、よ」

酒言葉を聞いて、ルナはそっと目を弓なりに細めた。

「私にピッタリね。いつもそう思っているから」

「そうなの？」

「ええ。だから、月が見えなくなる新月の夜は姿は見えなくても、私を感じてほしくて大きなエネルギーを出すようにしているの」

ルナは、乾杯、とグラスを掲げて、バイオレットフィズを口に運ぶ。

「ああ、ルナちゃんったら、みんなで合わせましょうよ」

「まぁまぁ、いいじゃない」

私は笑って、「乾杯っ」とグラスを掲げて、ワインクーラーを飲む。

「ルナ、君は本当にマイペースだな」

「あら、ごめんなさいね」

少し呆れたように言うサートゥルヌスに、悪びれないルナ。

二人のやり取りに、私の頬が緩む。

夜空には、緩やかなカーブを描いた月と、くっきりと天の川が見える。

きらきらと瞬く星々は、まるで天の川を泳ぐ魚のようだった。

あとがき

『満月珈琲店の星詠み～本当の願いごと～』をお読みくださいまして、ありがとうございます。望月麻衣です。

今作は二〇二〇年の年末を舞台としていますが、新型ウイルスについては、微かに匂わせているものの、しっかりとは触れていません。それは、物語の世界くらいは、マスクや社会的距離などを意識せずにいたい、という私の想いからです。

ご了承いただけると幸いに存じます。

さて、本書は二作目となりますが、この巻から読んでも問題ないと思います。ですが、一作目の『満月珈琲店の星詠み』（サブタイトルなし）から読んでいただいた方が、より分かり、楽しさも多いのではと思います。もし良かったら、よろしくお願いいたします。

前巻は、「この一冊を読むだけで西洋占星術が『なんとなく分かる』というような内容にしたい」と思い、がんばりました。

ありがたいことに、占星術に元々興味があった方からは、「とても分かりやすかった」「本を読んで自分の出生図《ネイタルチャート》を調べてみた」というお声を多くいただき、嬉しかったです。

ですが、その一方で、占星術に触れたことがなかった方にはピンと来なかったようで、「占星術の部分が難しかった」というお声も届きました。

今巻はそうしたことも踏まえて、占星術に関しては『太陽星座』『月星座』『ASC《アセンダント》』に絞ってお届けすることにしました。まず、ご自分の出生図を見た時に、この三つを確認して、ご自分自身を再確認していただけたら、と思った次第です。

念を押してお伝えしたいのは、占星術の世界は向き合う人の数だけ解釈があるということです。本書においては、西洋占星術講師・宮崎えり子先生の監修のもと、私の解釈で書かせていただいております。

もしかしたら、「私が知っている捉え方とは違う」と思われることもあるかもしれません。その時は、正解・不正解という話ではなく、「この物語ではこういう解釈をしているのだろう」と、受け流していただけたらと思います。

前巻のあとがきでは、私が西洋占星術を学び始めた経緯についてざっくりと書かせていただきました。今巻を書く前に、あらためて思い返してみると、そもそも『学びたい』と思った、最初の動機は『開運したい』でした。つまり自分の願いを叶えたかったんです。

そのため、占星術の勉強をしていくのと並行して、私は自分の願いごととも向き合っていったんです。そうすると自分は、意外にも『本当の願いごと』を見付けられていない、と気付きました。

「本当の願いごとを『知る』だなんて、わざわざ知る必要なんてあります？　そんなの、みんな当たり前に知ってることだと思いません？」

作中でヴィーナスはこう言っていましたが、私もまさに最初はそんなふうに思っていました。自分の願いごとなんて、当然知っている、と。

ですが、実は『本当の願いごと』からは、少しズレていたんです。

当時の私の願いごとといえば、『宝くじに当たりたい』だったり、『ダイエットに成功したい』、もう一つは、『書籍化したい』でした。『宝くじ』のズレについては、作中にしっかり書かせていただいたので、ここで触れるのはやめておきます。

『ダイエット』に関しては『痩せれば、綺麗になれる』と私は思っていたわけです。それなら『ダイエットに成功する』ではなく、『綺麗になりたい』と願うべきなんですよね。本当の願いから、少しズレているわけです。

『書籍化』に至っては、私はＷＥＢに複数の作品を投稿していたので、『なんでもいいから本になってほしい』と思っていました。『それじゃあ、なんの作品を本にしたい？』と自問するも、『この作品は思い入れが強いけどページ数が多すぎるし、あの作品は難しそうだし、でも、これだけ書いているのだから何かはなってほしい』――と、まぁ、執着に近く願っている一方で、かなりザックリしていたんです。

これではいけない。とりあえず、私は自分の願いを整理しようと思いました。

そこで行き着いたのは、自分の願いは、『どの作品と決まってるわけではないけれど、とにかく私は、出版社を通して著作を刊行したいんだ』ということでした。

そのうえで、あらためて自作を確認すると、どの作品も思い入れだけは強いものの自分でも本になるイメージがつかなかったんです。

『それならば、書籍化してもらえそうな作品を新たに書こう』と決めて新しく作品を書き下ろしました。結果、その作品が受賞し、今に至っています。

このように、開運の第一歩は、『自分の本当の願いごと』を見付けることです。

また、願いに行きつく前に、自分の心を知り、整理をする必要があったりします。

その際にヒントを与えてくれるのが、太陽星座、月星座、ASCだと私は思っています。特に月星座は自分の本能ともいえる素の部分なので、作中の登場人物たちのように、そこと向き合うことで見えてくるものがあるかもしれません。

ちなみに、この『月星座』。占星術界隈では様々な解釈があります。私も本書を書くに当たり、しっかり月星座と向き合い、私なりの想いを書かせていただきました。

さて、次は本書のストーリーの裏話を少しだけ。

実を言うと、続編の構想などほとんどないなか、二作目のお話をいただきました。もちろん喜んでお受けしながらも、何も浮かんでないのにどうしよう、と焦ってました。

そもそも一作目で綺麗に纏まっているんです。二作目は難しいのではないか？　中途半端なものは書かない方がいいのでは？　やはり謝ってお断りするべきか……。などと悶々としている時にイラストレーターの桜田《さくらだ》千尋《ひろ》先生が、SNSに満月珈琲店の新作イラストを公開したんです。

それが、『線香花火のアイスティー』という作品でした。

衝撃的でした。美しく幻想的で、どこかノスタルジック。

その素晴らしいイラストを見て、頭の中に映像が浮かんだのです。第三章に『線香花火のアイスティー』が登場するシーンは、この時浮かんだ光景、そのままです。

同時にざっくりですが、二作目の構成が浮かびました。

他にも、夢の中で聞いたアドバイスでプロットが仕上がったりと不思議なことがありまして、そうして出来上がったのが、この作品です。

書き上がった今、自分なりにですが、一作目とはまた雰囲気の違う、良いものが書けた、と嬉しく、胸を熱くさせています。

今巻も素晴らしいイラストをご提供してくださった桜田千尋先生、今巻も監修を務めてくださった宮崎えり子先生をはじめ、本作品に関わるすべての方とのご縁に、心より感謝申し上げます。

本当にありがとうございました。
どうか、すべての方の願いが叶いますように――。

望月麻衣

参考文献

ルネ・ヴァン・ダール研究所『いちばんやさしい西洋占星術入門』（ナツメ社）
ケヴィン・バーク　伊泉龍一訳『占星術完全ガイド　古典的技法から現代的解釈まで』（フォーテュナ）
ルル・ラブア『占星学　新装版』（実業之日本社）
鏡リュウジ『鏡リュウジの占星術の教科書I　自分を知る編』（原書房）
鏡リュウジ『占いはなぜ当たるのですか』（説話社）
松村潔　エルブックスシリーズ『増補改訂　決定版　最新占星術入門』（学研プラス）
松村潔『完全マスター西洋占星術』（説話社）
松村潔『月星座占星術講座―月で知るあなたの心と体の未来と夢の成就法―』（技術評論社）
石井ゆかり『月で読む　あしたの星占い』（すみれ書房）
石井ゆかり『12星座』（WAVE出版）

初出　Introduction・プロローグ　別冊文藝春秋二〇二一年一月号
第一章〜エピローグ　書き下ろし
本書は文庫オリジナルです

文春文庫

満月珈琲店《まんげつコーヒーてん》の星詠《ほしよ》み～本当《ほんとう》の願《ねが》いごと～

定価はカバーに表示してあります

2021年2月10日　第1刷
2024年3月25日　第8刷

著　者　望《もち》月《づき》麻《ま》衣《い》
画　　　桜《さくら》田《だ》千《ち》尋《ひろ》

発行者　大沼貴之
発行所　株式会社　文藝春秋

東京都千代田区紀尾井町3-23　〒102-8008
TEL　03・3265・1211㈹
文藝春秋ホームページ　http://www.bunshun.co.jp

落丁、乱丁本は、お手数ですが小社製作部宛お送り下さい。送料小社負担でお取替致します。

印刷・萩原印刷　製本・加藤製本

Printed in Japan
ISBN978-4-16-791638-1

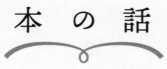